RELATOS
DO
MUNDO

PAULETTE JILES

RELATOS DO MUNDO

Tradução
Fernanda Veríssimo

Principis

© 2016 Paulette Jiles

© 2021 desta edição:
Ciranda Cultural Editora e Distribuidora Ltda.
Esta é uma publicação Principis, selo exclusivo da Ciranda Cultural.

Título original *News of the world*	Produção editorial e projeto gráfico Ciranda Cultural
Texto Paulette Jiles	Diagramação Linea Editora
Tradução Fernanda Veríssimo	Design de capa Ana Dobón
Revisão Fernanda R. Braga Simon	Imagem David San Segundo/shutterstock.com

Dados Internacionais de Catalogação na Publicação (CIP) de acordo com ISBD

F481r	Jiles, Paulette
	Relatos do mundo / Paulette Jiles ; traduzido por Fernanda Veríssimo. - Jandira, SP : Principis, 2021. 192 p. ; 15,5cm x 22,6cm.
	Tradução de: News of the world ISBN: 978-65-5552-407-9
	1. Literatura. 2. Relatos. I. Veríssimo, Fernanda. II. Título.
2021-880	CDD 800 CDU 8

Elaborado por Vagner Rodolfo da Silva - CRB-8/9410

Índice para catálogo sistemático:
1. Literatura 800
2. Literatura 8

1ª edição em 2021
www.cirandacultural.com.br
Todos os direitos reservados.
Nenhuma parte desta publicação pode ser reproduzida, arquivada em sistema de busca ou transmitida por qualquer meio, seja ele eletrônico, fotocópia, gravação ou outros, sem prévia autorização do detentor dos direitos, e não pode circular encadernada ou encapada de maneira distinta daquela em que foi publicada, ou sem que as mesmas condições sejam impostas aos compradores subsequentes.

Para as amigas das longas jornadas:
Susan, June, April, Nancy, Caroline, Wanda,
Evelyn e Rita Wightman Whippet

Um

Wichita Falls, Texas, Inverno 1870

O Capitão Kidd abriu o *Matinal de Boston* sobre o pódio e começou a ler o artigo sobre a Décima Quinta Emenda. Ele nascera em 1798, e a terceira guerra de sua vida terminara cinco anos atrás. Ele esperava nunca passar por outra, mas as notícias do mundo atual o envelheciam mais do que o próprio tempo. Apesar de tudo, ele continuava com suas rondas, mesmo durante as chuvas frias da primavera. Ele já fora impressor, mas a guerra levara sua prensa e tudo o mais, a economia da Confederação desmoronara antes mesmo da rendição, e agora ele ganhava a vida viajando de uma cidade a outra no norte do Texas, com seus jornais e revistas em um portfólio à prova d'água e um casaco de gola alta que o protegia das intempéries. Seu cavalo era tão bom que ele temia que fosse roubado, mas até agora ninguém tinha tentado. Ele chegara a Wichita Falls em 26 de fevereiro, pregara seus cartazes e vestira no estábulo suas roupas de leitura. Chovia forte lá fora e fazia muito barulho, mas ele tinha uma voz boa e potente.

Ele sacudiu as páginas do *Matinal*.

A Décima Quinta Emenda, ele leu, que acaba de ser ratificada em 3 de fevereiro de 1870, permite o voto a todos os homens qualificados para votar, independentemente de raça, cor ou condição prévia de servidão. Ele ergueu os olhos do texto. Seus óculos de leitura refletiram a luz. Ele se curvou ligeiramente para a frente sobre o pódio. Isso significa cavalheiros de cor, disse ele. Sem suspiros ou gritinhos, por favor. Ele moveu a cabeça, procurando na multidão de rostos voltados para ele. Posso ouvir vocês resmungando, ele disse. Parem com isso. Eu odeio resmungos.

Encarou o público e disse: Próximo. Sacudiu outro jornal. A última edição da *Tribuna de Nova Iorque* traz o relato de um baleeiro afirmando que o navio de exploração polar *Hansa* foi esmagado pelo gelo e afundou quando tentava alcançar o Polo Norte; afundou a setenta graus de latitude norte ao largo da Groenlândia. Não há nada neste artigo sobre sobreviventes. Ele virou a página com impaciência.

O Capitão tinha um rosto angular e bem barbeado, seu cabelo era totalmente branco, e ele ainda tinha mais de um metro e oitenta de altura. Seu cabelo brilhava sob o raio quente do lampião central. Ele carregava um revólver Slocum de cano curto nas costas, na altura da cintura. Era um calibre .32 de cinco tiros do qual ele nunca gostara muito e que raramente usava.

Por cima de todas as cabeças, ele viu Britt Johnson e seus homens, Paint Crawford e Dennis Cureton, contra a parede do fundo. Eles eram negros livres. Britt era transportador de cargas, e os outros dois eram sua equipe. Eles seguravam seus chapéus nas mãos, cada um com uma bota apoiada na parede de trás. A sala estava cheia. Era um espaço amplo e aberto, usado para armazenamento de lã e encontros da comunidade, e para pessoas como ele. O público era quase todo de homens, quase todos brancos. A luz dos lampiões era forte, o ar estava escuro. O Capitão Kidd viajava com seus jornais de cidade em cidade no norte do Texas e lia em voz alta as notícias do dia para assembleias como aquela, em salões ou igrejas, por um centavo por cabeça. Ele viajava sozinho e não tinha ninguém para cobrar por ele, mas poucas pessoas trapaceavam. Se elas o fizessem, havia sempre alguém que os pegava pelas lapelas e os sacudia gritando: *Você realmente deveria pagar os malditos dez centavos, como todo mundo!*

Era a deixa para a moeda cair na latinha.

Ele ergueu os olhos e viu Britt Johnson levantar um dedo indicador para ele. O Capitão Kidd deu um breve aceno de cabeça e terminou sua leitura com um artigo do *Jornal da Filadélfia* sobre o físico britânico James Maxwell e suas teorias sobre distúrbios eletromagnéticos no éter cujos comprimentos de onda eram mais longos do que a radiação infravermelha. A ideia agora era entediar as pessoas, acalmá-las e deixá-las impacientes para ir embora – ir embora tranquilamente. Ele andava sem paciência com os problemas e as emoções das outras pessoas. Sua vida parecia-lhe rala e azeda, um pouco estragada, e era algo que só percebera recentemente. Um entorpecimento lento infiltrara-se nele como gás de carvão, e sua única reação era procurar tranquilidade e isolamento. Ultimamente, tudo o que queria era terminar as leituras o mais rápido possível.

O Capitão dobrou os papéis e os colocou na pasta. Curvou-se para a esquerda e apagou o lampião. Enquanto caminhava por entre o público, as pessoas o alcançavam e apertavam sua mão. Sentado, um homem de cabelos claros olhava para ele. Com ele estavam dois índios ou meio-índios que o Capitão sabia serem da nação Caddos e gente de fama não especialmente louvável. O homem de cabelo loiro se virou na cadeira de modo a olhar para Britt. Outros vieram agradecer ao Capitão por suas leituras e perguntar por suas filhas adultas, ao que Kidd respondia *Toleráveis, toleráveis,* enquanto dirigia-se a Britt e seus homens para descobrir o que queriam.

O Capitão Kidd imaginava que seria alguma questão sobre a Décima Quinta Emenda, mas não era.

Sim, Capitão Kidd, o senhor pode vir comigo? Britt endireitou-se e o saudou erguendo o chapéu até a cabeça, assim como Dennis e Paint. Britt disse: Tenho um problema na minha carroça.

Ela parecia ter uns dez anos, vestida à maneira dos índios, com um vestido de camurça com quatro fileiras de dentes de alce costurados na frente. Um cobertor grosso fora colocado sobre seus ombros. Seu cabelo era da cor de melado e nele ela usava duas presilhas amarradas numa mecha de cabelo e, entre elas, pendia uma pena dourada de águia amarrada com um fio fino.

Ela estava sentada, aprumada, e parecia usar a pena e um colar de contas de vidro como se fossem adornos caros. Seus olhos eram azuis, e sua pele tinha aquele estranho brilho das peles claras queimadas e desgastadas pelo sol. Era menos expressiva que um ovo.

Entendo, disse o Capitão Kidd. Entendo.

Ele estava com a gola do casaco preto levantada contra a chuva e o frio, e um cachecol de lã grosso em volta do pescoço. A respiração saía de seu nariz em pequenas nuvens. Ele mordeu o lado esquerdo do lábio inferior enquanto examinava a figura que via à luz do lampião de querosene erguido por Britt. Por alguma razão, ela o assustava.

Estou espantado, disse ele. A criança parecia artificial e maléfica.

Britt colocara uma de suas carroças sob o teto da estrebaria. Não se encaixava totalmente. A metade dianteira da carroça e o banco do condutor vibravam com o barulho da chuva e pareciam mergulhados no brilho vaporoso da água. A parte de trás estava abrigada e foi ali que se reuniram, olhando a garota como se tivessem se deparado com uma criatura estranha presa numa armadilha, como se a taxonomia da presa fosse totalmente desconhecida e provavelmente perigosa. A garota estava sentada sobre um fardo de camisas do Exército. À luz do lampião, seus olhos refletiam um azul fino e vítreo. Ela os fitava, acompanhando cada movimento, cada mexida de mão. Seus olhos se mexiam, mas a cabeça continuava imóvel.

Sim, senhor, disse Britt. Ela saltou da carroça duas vezes entre Fort Sill e aqui. Pelo que o agente Hammond conseguiu descobrir, ela é Johanna Leonberger, capturada aos seis anos, quatro anos atrás, nos arredores de Castroville. Lá perto de San Antonio.

Eu sei onde é, disse o Capitão Kidd.

Sim, senhor. O agente tinha todos os detalhes. Se for ela, tem cerca de dez anos.

Britt Johnson era um homem alto e forte, mas observava a garota com uma expressão hesitante e desconfiada. Ele a temia.

Meu nome é Cigarra. O nome do meu pai é Água Que Gira. Minha mãe é Três Manchas. Eu quero ir para casa.

Mas eles não podiam ouvi-la porque ela não falara em voz alta. A melodia tonal das palavras Kiowas vivia em sua cabeça como abelhas.

O Capitão Kidd disse: Eles sabem quem são os pais dela?

Sim, senhor, eles sabem. Tanto quanto ele conseguiu descobrir pela data em que ela foi levada. O agente, quero dizer. Seus pais e sua irmã foram mortos no ataque. Ele tinha um documento de parentes dela, Wilhelm e Anna Leonberger, uma tia e um tio. E me deu uma moeda de ouro de cinquenta dólares para devolvê-la a Castroville. A família mandou para ele por um major de San Antonio, transferido para o norte, para que desse a alguém que a transportasse para casa. Eu disse que a tiraria do Território Indígena e atravessaria o Rio Vermelho. Não foi fácil. Quase nos afogamos. Isso foi ontem.

O Capitão disse: Subiu sessenta centímetros desde ontem.

Eu sei bem. Britt mantinha um pé na barra de tração. O lampião de querosene queimava com sua luz inquieta na porta traseira e iluminava o interior da carroça de carga como que revelando uma estranha figura em sua tumba.

O Capitão Kidd tirou o chapéu e sacudiu a água. Britt Johnson já resgatara pelo menos quatro prisioneiros dos homens vermelhos. Dos

Comanches, dos Kiowas e uma vez dos Cheyenne, no norte do Kansas. A própria esposa de Britt e seus dois filhos foram levados cativos há seis anos, em 1864, e ele foi atrás e os resgatou. Ninguém sabia exatamente como conseguia. Ele parecia ter alguma proteção celestial quando cavalgava sozinho pelas planícies do Rio Vermelho, um lugar que parecia atrair tanto a morte quanto os perigos. Britt, um homem escuro, astuto e forte, rápido como um bacurau à meia-noite, assumira a tarefa de resgatar tantos outros, mas não queria levar a menina de volta a seus parentes, nem por cinquenta dólares em ouro.

Por que você não a leva? perguntou o Capitão Kidd. Você já veio tão longe. Cinquenta dólares em ouro é um valor considerável.

Eu pensei que podia passá-la para outra pessoa a partir daqui, disse Britt. É uma viagem de três semanas até lá. E mais três para voltar. E eu não tenho carga para levar.

Atrás dele, Paint e Dennis concordavam com a cabeça. Cruzaram os braços sobre suas capas impermeáveis de lona. Longos rastros de água deslizavam brilhantes pelo chão do estábulo e captavam a luz do lampião como manchas luminosas, enquanto o telhado estremecia com o choque de gotas grandes como moedas.

Dennis Crawford, magro como uma aranha, disse: Não ganharíamos um centavo durante as seis semanas.

A menos que consigamos algo para transportar de volta para cá, disse Paint.

Cale a boca, Paint, disse Dennis. Você conhece alguém lá?

Tá bom, tá certo, disse Paint. Não precisa gritar.

Britt disse: Enfim, é isso. Não posso deixar minha carga por tanto tempo. Tenho ordens para entregar. E outra coisa: se eu for pego carregando essa garota, vai ser um problema sério. Ele encarou o Capitão e disse: Ela é uma garota branca. Você a leva.

O Capitão Kidd apalpou o bolso da camisa em busca do tabaco. Não encontrou. Britt enrolou um cigarro e o entregou a ele, depois acendeu um fósforo em sua grande mão. O Capitão Kidd não perdera nenhum filho na guerra, porque só tinha filhas. Duas delas. Ele conhecia garotas. Ele não conhecia índios, mas conhecia garotas, e o que via no rosto daquela garota era desprezo.

Ele disse: Encontre uma família que esteja indo nesse caminho, Britt. Alguém que vá cobri-la de carinho e luz e que possa lhe dar aulas de bom comportamento.

Boa ideia, disse Britt. Eu pensei nisso.

E então? O Capitão Kidd deu uma baforada, mas os olhos da garota não acompanharam o movimento da fumaça. Nada fazia com que tirasse os olhos dos rostos dos homens, das mãos dos homens. Ela tinha um apanhado de sardas nas maçãs do rosto, e seus dedos eram finos com unhas curtas emolduradas pela sujeira.

Não achei ninguém. É difícil encontrar alguém em quem confiar nessa situação.

O Capitão Kidd assentiu. Mas você já recuperou meninas antes, disse ele. A pequena Blainey, você a trouxe de volta.

Não foi uma viagem tão longa. Além do mais, não conheço as pessoas de lá. Você conhece.

Sim, entendo.

O Capitão Kidd passara anos em San Antonio; sua esposa era de uma velha família da cidade, e ele conhecia o lugar, conhecia as pessoas. No norte e oeste do Texas, havia muitos negros livres, eram transportadores e batedores, e agora, depois da guerra, a Décima Cavalaria dos Estados Unidos era toda de negros. A população em geral, no entanto, ainda não aceitara por completo a questão dos negros livres. Era uma questão volátil. Volátil como uma substância instável que pode reagir mal à pressão ambiente.

O Capitão disse: Você poderia pedir ao Exército para entregá-la. Eles tomam conta dos cativos.

Não mais, disse Britt.

O que você teria feito se não tivesse me encontrado?

Não sei.

Acabei de chegar de Bowie. Eu podia ter ido para o sul, para Jacksboro.

Eu vi seus cartazes quando chegamos, Britt disse. Foi o destino.

Uma última coisa, disse o Capitão Kidd. Talvez ela devesse voltar para os índios. Que tribo a levou?

Kiowa.

Britt também fumava. Balançava o pé sobre a barra de tração. Exalou uma fumaça azul pelas narinas e olhou para a garota. Ela olhou para ele. Eles eram como dois inimigos mortais que não podiam tirar os olhos um do outro. A interminável chuva batia em jatos sobre a rua de terra, e cada telhado em Wichita Falls parecia lutar contra um ataque da água.

Então?

Britt disse: Os Kiowas não a querem. Eles finalmente entenderam que ter um prisioneiro branco faz com que você seja atropelado pela cavalaria. O agente mandou que entregassem todos os cativos ou ele cortaria suas rações e mandaria o Décimo Segundo e o Nono atrás deles. Eles a trouxeram e a venderam por quinze cobertores de Hudson's Bay e um serviço de louças de prata. Prata alemã. Eles vão transformar em pulseiras. Foi Corvo Sereno quem a trouxe. Sua mãe cortou os braços em pedaços, e você podia ouvi-la chorar por um quilômetro.

Sua mãe indígena?

Sim, disse Britt.

Você estava lá?

Britt fez que sim.

Eu me pergunto se ela se lembra de alguma coisa. De quando tinha seis anos.

Não, disse Britt. Nada.

A garota ainda não se mexia. É preciso muita determinação para ficar assim por tanto tempo. Ela estava sentada, ereta, sobre um fardo de camisas do Exército, embrulhadas em estopa, com o destino marcado em estêncil: Fort Belknap. Ao seu redor havia caixas de madeira com pias esmaltadas e pregos e línguas de veado defumadas, conservadas na gordura, uma máquina de costura em seu caixote, sacos de açúcar de vinte quilos. Seu rosto redondo parecia achatado à luz do lampião, sem sombras ou suavidade. Ela parecia esculpida.

Não fala inglês?

Nem uma palavra, disse Britt.

Então, como você sabe que ela não se lembra de nada?

Meu filho fala Kiowa. Ele foi prisioneiro deles por um ano.

Sim, é mesmo. O Capitão Kidd moveu os ombros sob o pesado sobretudo de couraça. Era preto, como a sobrecasaca, o colete, as calças, o chapéu e as botas reforçadas. Sua camisa fora fervida, branqueada e passada a ferro pela última vez em Bowie; um fino algodão branco com a figura de uma lira em seda branca. Vinha aguentando bem até agora. Era uma das pequenas coisas que agora o deixavam deprimido. A maneira como ia se desgastando suavemente em cada borda.

Ele disse: Seu filho falou com ela?

Sim, disse Britt. Tanto quanto ela aceitou falar com ele.

Ele está com você?

Sim. Melhor na estrada comigo do que em casa. Ele é bom na estrada. Eles voltam diferentes. Meu filho quase não quis voltar para mim.

É mesmo? O Capitão estava surpreso.

Sim, senhor. Ele estava a caminho de se tornar um guerreiro. Aprendeu o idioma. É uma língua difícil.

Ele ficou com eles por quanto tempo?

Menos de um ano.

Britt! Como é possível?

Eu não sei. Britt tragou e virou-se para encostar na porta traseira da carroça. Olhou para o fundo, para os espaços escuros do estábulo de onde vinha o barulho de cavalos e mulas comendo, comendo, seus dentes como pedras de amolar movendo-se um sobre o outro e o bufo ocasional quando a poeira do feno entrava em seus narizes, o movimento de suas enormes patas. O cheiro bom de arreios de couro oleado e de grãos. Britt disse: Eu simplesmente não sei. Mas ele voltou diferente.

De que maneira?

Os telhados o incomodam. Lugares fechados o incomodam. Ele não consegue se aquietar e aprender as letras. Ele tem muito medo e às vezes fica arrogante. Britt jogou o cigarro no chão e pisou nele. Enfim, o caso é que os Kiowas não a aceitarão de volta.

O Capitão Kidd sabia, além das outras razões, que Britt confiava nele para devolvê-la a sua gente porque ele era velho.

Certo, ele disse.

Eu sabia que você aceitaria, disse Britt.

Sim, disse o Capitão. Então.

A pele de Britt era da cor da sela, mas agora estava mais pálida do que o normal, porque o inverno chuvoso mantivera o sol longe de seu rosto por meses. Ele enfiou a mão no bolso de seu casaco surrado e tirou a moeda. Tinha uma cor brilhosa e antiga, uma moeda espanhola de oito escudos em ouro de vinte e dois quilates, e toda a borda ainda fresada, não polida. Era um bom dinheiro; todos no Texas estavam contando suas moedas e felizes por tê-las, já que as finanças do estado haviam entrado em colapso e tanto notícias quanto dinheiro vivo eram difíceis de achar. Especialmente aqui no norte do Texas, perto das margens do Rio Vermelho, à beira do Território Indígena.

Britt disse: Isso é o que a família mandou para o agente. Os nomes dos pais dela eram Jan e Greta. Eles foram mortos quando os Kiowas a capturaram. Pegue, ele disse. E tome cuidado com ela.

Enquanto observavam, a menina deslizou entre as caixas e fardos de carga como se desmaiasse e puxou o cobertor grosso por cima da cabeça. Ela estava cansada de ser observada.

Britt disse: Ela passa a noite aí. Não tem para onde ir. Não consigo imaginar nada que ela possa usar como arma. Ele pegou o lampião e deu um passo para trás. Tenha muito cuidado.

Dois

As mulheres de Wichita Falls deram a ela um vestido de listras azuis e amarelas e roupas de baixo, meias de lã penteada, uma camisola com uma faixa de renda no pescoço e sapatos que mais ou menos serviam, mas não conseguiram vesti-la. Relutavam em usar força com uma menina tão pequena e magra, com cicatrizes nos antebraços e um olhar de boneca de porcelana. Não queriam ter que lutar com uma criança; além disso, ela tinha piolhos.

Finalmente o Capitão a levou ao estabelecimento de Lottie. As mulheres lá eram valentes e até, de certa forma, viris, tendo batido as estradas seguindo as tropas. Muitas tinham estado presas aqui e ali. Não relutavam nem um pouco em usar de força. Levaram umas duas horas para colocá-la numa banheira, lavá-la e desfazer-se de seu vestido Kiowa. Uma das mulheres atirou pela janela as contas de vidro e o vestido de camurça com seus valiosos dentes de alce. Elas tiraram as penas de seu cabelo, realmente infestado de piolhos.

Elas seguraram sua cabeça sob água quente, despejada de uma jarra, e esfregaram seu couro cabeludo e seu corpo com sabão azul. Ela resistiu furiosamente; era incrivelmente ágil e forte para os seus dez anos, além de magra e, naquele momento, ensaboada. Água e espuma corriam pelas paredes, e a operação terminou com a banheira atirada de lado e a água passando entre as rachaduras das tábuas do piso para a sala de recepção lá embaixo, manchando o desenho do papel de parede. Do chão, onde se agachara, a menina encarava a todos com seus olhos parados e vítreos. Seu cabelo estava grudado na cabeça como barbantes molhados. Com muito esforço, conseguiram vesti-la com as roupas de baixo, o vestido, as meias e os sapatos.

Eles a empurraram porta afora e boa viagem. As meias estavam molhadas e torcidas. A chuva enchia a rua, formando lagos compridos e finos no formato dos sulcos das rodas. O Capitão segurou a mão dela, rígida como madeira, enquanto voltavam para o estábulo. Ela não levantou a roupa, por não saber como ou não saber que era necessário. Ou por não se importar. Quando chegaram ao estábulo, a bainha do vestido carregava vários quilos de lama vermelha. Ela baixou a cabeça e soltou um gemido engasgado, que o fez perceber que ela estava tentando não chorar.

Com a moeda espanhola, o Capitão Kidd comprou no estábulo uma charrete, que teve sorte de achar. Era na verdade uma carroça de passeio, pintada de verde escuro e em cujas laterais, com letras douradas e brilhantes, estava escrito *Águas Curativas Fontes Minerais do Leste do Texas*. Era difícil entender como aquela charrete tinha percorrido todo o caminho dos arredores de Houston até esta pequena cidade no Rio Vermelho. Ela certamente tinha uma história para contar, mas agora permaneceria para sempre desconhecida, não contada. Era um veículo pequeno e alegre, com duas filas de assentos ao longo da carroceria, de modo que as pessoas a caminho das águas minerais curativas pudessem sentar de frente umas para as outras. Havia suportes para apoiar um dossel e cortinas laterais. Não era proteção suficiente contra o mau tempo, mas era o que tinham.

Ele venderia a charrete em Castroville ou San Antonio se algum dia chegasse lá e, enquanto isso, se daria ao luxo de viajar em um veículo com assento de mola que aguentasse os buracos e as sacudidas. Sua égua de carga poderia puxá-la, e seu cavalo de sela viria atrás.

Também seria mais fácil ficar de olho na garota. Ele gostaria de saber o nome dela em Kiowa. Ele a chamaria de Johanna, apesar de ser inútil. Ela não saberia distinguir a palavra "Johanna" da palavra Deuteronômio.

O Capitão Kidd trocou de roupa, vestindo seu casaco de sarja sobre uma simples camisa trespassada e calças de denim. Colocou seu velho chapéu de viagem, com a aba irregular. Guardou seu terno preto de leitura cuidadosamente dobrado na bolsa de viagem e acomodou seu bom chapéu preto de leitura numa chapeleira de lata. Uma lata de chapéu, como diziam os vaqueiros. Os jovens até podiam ser perdoados por usarem roupas desleixadas, mas, se um idoso não se vestisse com cuidado, seria visto como um vagabundo sem-teto. Para as leituras, ele sempre se apresentava com uma aparência de autoridade e sabedoria.

Empacotou seus jornais, sua navalha afiada e seu pedaço de sabão, o pincel, sua caixa de tiro com pólvora, cápsulas e buchas e o carregador de pólvora com mola. No chão da charrete das *Águas Curativas* ele jogou a espingarda e mantimentos, manteiga enlatada e carne seca, *bacon*, duas peles de carneiro, uma pequena caixa de suprimentos médicos, um barril de farinha, garrafas de água, um lampião e velas, um pequeno fogão. Em seguida, seu portfólio com os jornais e um mapa das estradas do Texas, que ele raramente usava. Finalmente, suas botas de montaria, sela e cobertores. Ele colocou a menina dentro da charrete e fez um movimento de "Fique aí" com as mãos. Foi, então, procurar por Britt.

Eles estavam estacionados em frente a uma loja de mercadorias gerais. Dennis e Paint tentavam equilibrar a carga nas duas carroças. O filho de Britt estava com eles; ele trabalhava duro e em ritmo acelerado, parecendo olhar constante e ansiosamente para o pai. Dennis supervisionava o carregamento. Eles teriam que atravessar o rio Little Wichita e não queriam que as carroças tombassem de cabeça. Seus baios eram grandes e fortes. Cavalos admiráveis.

O Capitão perguntou, Britt, que estradas estão abertas?

Britt tomara o assento do condutor em uma das carroças, com o filho ao lado, e Dennis tinha as rédeas da outra. Paint sentou-se ao lado de Dennis, fumando um charuto prazerosamente. Uma chuva fraca ainda caía do céu pesado e irrequieto do norte do Texas, na paisagem sem cor daquele final de primavera.

Britt disse: Pegue a estrada ao longo do Rio Vermelho, direção leste até Forte Espanhol, Capitão. Dizem que ainda não está inundado e, de Forte Espanhol, a estrada sudeste para Weatherford e Dallas está boa. Chegue ao Forte o mais rápido possível e se afaste do Vermelho, porque ele ainda está enchendo. Em Weatherford e Dallas, o senhor pode conseguir instruções para chegar à Estrada Meridiana em direção ao sul.

Entendido, disse o Capitão. Muito grato. Ele pensou em sua solidão. Em sua vida seca e pobre e no gás de carvão. Ele disse: A estrada Meridiana em direção ao sul.

Britt tinha um porte militar e o olhar atento de um homem que passara longos e difíceis meses em companhia de batedores. Ele se curvou e estendeu a mão.

Senhor, deixe-me ver a Slocum que o senhor tem.

Capitão Kidd puxou de lado seu puído casaco de lona e tirou o revólver das costas. Entregou-o a Britt pela empunhadura. A água pingava de sua mão sem luva.

Britt inspecionou a arma e disse: Capitão, este é o tipo de coisa que eu ganharia de Natal aos dez anos. Não tem nem carga padrão. Britt pousou o Slocum ao seu lado, tirou seu próprio Smith and Wesson e o entregou ao velho. Estou em dívida com o senhor, disse ele, por levar aquela maluca. O que mais o senhor porta?

Um calibre .20. O Capitão Kidd tentou não sorrir. Um homem mais jovem, bem aparelhado, tomando conta do velho claudicante.

Atenção ao seu lado direito.

Sou canhoto.

Ainda melhor.

O Capitão Kidd estendeu o braço e apertou a mão de Britt e os observou partir. As duas carroças compridas e estreitas pesavam com a carga, e as parelhas de baios puxavam os arreios e soltavam fumaça das narinas, esforçando-se até que as correias traseiras já não tocassem suas costas. As rodas moviam-se devagar pela lama vermelha da rua, inicialmente lentas, um raio de cada vez. Dennis gritava para suas parelhas em sua voz aguda: *Andando, andando!* Britt continuava imóvel no assento, rédeas nas mãos, com chuva espirrando de seu grande chapéu, chamando seus cavalos pelos nomes, encorajando-os, até que as duas carroças começaram a se mover em ritmo regular.

O Capitão desenrolou as longas rédeas amarradas ao assento do condutor, irritando sua pequena égua de carga, que estava inquieta; os arreios a desagradavam, mas, finalmente, ela se inclinou para a frente e começou a puxar.

O Capitão gritou: Não sou bom para você, Belinha? Não a alimento e lhe ponho sapatos? Em frente, garota!

Várias pessoas, atrás das portas, observavam-nos. Alguns balançando a cabeça ao ver o velho e a selvagem de dez anos, com seu vestido novo já respingado de lama do Rio Vermelho, com as bainhas cobertas pelo lodo vermelho-ferro. E havia outros rostos, mais disfarçados, com olhares de interesse e de cobiça; o homem de cabelos claros, com um lenço azulado adornando o pescoço e fumaça de tabaco saindo do nariz.

Britt e suas duas carroças seguiram para o sul pela Rua Childress em direção à parte baixa do Little Wichita, enquanto o Capitão e a pequena cativa partiram para o leste, em direção a Forte Espanhol. As rodas lançavam jatos de lama e água, plantando bolinhas nas laterais da charrete. O Capitão e Johanna viajariam através da região de Cross Timbers até Forte Espanhol e depois rumo ao sul até Dallas e, em seguida, quatrocentos quilômetros mais ao sul, descendo para a *brasada,* a região de arbustos de San Antonio, com seus rios lentos e retos e seus vales de grandes carvalhos, e de sua gente igualmente lenta e reta.

O homem de cabelos claros deixou cair a guimba do charuto em uma poça. Com ele estavam os outros dois, índios Caddos que haviam se afastado das terras tribais e que, quanto mais se afastavam, mais acumulavam problemas e um grande e peculiar conhecimento dos seres humanos e do que eram capazes de fazer e dizer sob extrema pressão. Não era algo de absoluta necessidade, mas lhes interessava da mesma forma.

Três

O Capitão começara sua rápida carreira militar ao se juntar à milícia da Geórgia na Guerra de 1812, que se estendera até 1815. Ele acabara de fazer dezesseis anos. Sua milícia fora para o oeste, para a Batalha de Horseshoe Bend, no Alabama, sob o comando de Jackson. Jefferson Kyle Kidd não era mais do que um soldado quando, numa noite qualquer, levantou a mão para votar num homem chamado Thompson para capitão. Eles estavam sentados em trilhos empilhados, na região montanhosa da Geórgia, um dia antes de partirem. Depois de juntar suprimentos, armas, munições e *kits* pessoais e de encontrar os cavalos, eles perceberam que precisavam eleger os oficiais. Perceberam, na verdade, que precisavam de oficiais. Que precisavam dizer "sim, senhor" e "não, senhor" e fazer uma saudação e apresentar postura militar. Dois dos oficiais eleitos no ano anterior não concorriam este ano e outros três haviam mudado para o Tennessee. Eles não sabiam muito bem para que serviam sargentos e cabos. Ele era morador daquela região montanhosa da Geórgia e passara a vida falando e pensando da mesma maneira, com hábitos e entonação que ficariam com ele para sempre. Ele ergueu a mão para votar em Thompson.

Em 27 de março de 1814, durante a batalha, foi atingido na lateral do quadril direito e ganhou uma ferida longa e aberta, que engoliu um pedaço do tecido de sua calça, tinto de um sangue brilhoso. Ele e os meninos da Geórgia estavam com as forças de Coffee, no sul. Haviam tirado as vigas de uma cabana para construir uma barricada. Ele demorou para se dar conta de que havia levado um tiro. Estava deitado ao lado de dois rapazes de seu condado, atirando por sobre as vigas de madeira, perto de um panelão que caíra da fogueira. Cada tiro dos Creek e dos Choctaw, do outro lado do rio, atingia o panelão e o fazia bater como um sino, de modo que foi difícil ouvir Thompson do outro lado da barricada, rastejando em direção a eles, procurando abrigo.

Finalmente, Sherman Foster o avisou: Jeff, Jeff, o capitão Thompson está lá fora!

Os Red Sticks, os índios Muskogee Creek, do outro lado do rio Tallapoosa, atiravam com precisão. Eles miravam na cabana, na panela e, ele agora percebia, em Thompson. Os Red Sticks só tinham mosquetões, mas aquelas grandes balas calibre .72 matavam tão bem quanto um rifle. Os canos de suas armas, do outro lado do rio, pareciam tão longos quanto varas de carroça. Ele embrulhou o mecanismo de disparo de seu rifle de pederneira num lenço e o deitou na areia. Tirou por cima da cabeça o chifre de pólvora e medidor que levava pendurados. Jogou a caixa de cartuchos no chão e rastejou para resgatar seu capitão. Embora fosse final de março, o sol do Alabama brilhava e torrava tudo. O próprio rio parecia uma espécie de metal movediço. A fumaça dos disparos pairava no ar. Não havia vento. Thompson ficara em silêncio. Por que ele saíra para além da barricada? Tudo tinha cor de biscoito, uma cor amarela do sol e das sombras sulfurosas da fumaça de pólvora.

Ele deslizou entre duas vigas quebradas e, ao alcançar o braço estendido de Thompson, a areia explodiu ao seu redor como se minúsculas cargas explosivas tivessem sido colocadas sob o solo. O tiroteio era contínuo. Ele agarrou o braço ensanguentado e a camisa rasgada e arrastou Thompson de volta para o abrigo, atrás das vigas de madeira. Ele o puxou por sobre um espelho quebrado, um calendário e algumas colheres. Os saltos das botas de Thompson engancharam no calendário e fizeram rolar suas páginas – março, abril e maio.

Quando finalmente conseguiu protegê-lo, o capitão já estava morrendo. Era estranho rolar o corpo de um homem e procurar sinais de vida. Uma coisa invisível. Ele fora atingido no V da garganta. *Por onde você andou, Randall, meu filho? Ó mãe, arrume minha cama logo, pois estou doente do coração e de bom grado descansaria.* Ele tinha ouvido aquela música a vida inteira e agora sabia o que significava. Rasgou a jaqueta militar e a camisa de Thompson e viu a vida se esvaindo, se esvaindo.

Você foi atingido, disse Sherman. Olha para você, você foi atingido.

Fui? Jefferson Kyle Kidd, dezesseis anos feitos na semana anterior, deitou-se na terra amarela e olhou para seu próprio corpo, as calças marrons de tecido grosso e as botas de bico quadrado e suas pernas longas, a mancha vermelha que se espalhava do lado de fora do quadril direito. O tecido da calça ficara encravado na carne. Estou bem, disse ele. Está tudo bem.

Mais tarde, tiveram que tirar suas calças e amarrar a bandagem em volta do osso do quadril e da virilha. Foi um pouco constrangedor, mas cicatrizou bem.

Ele foi eleito sargento porque lhes disseram que precisavam de um. Sherman foi feito tenente, e Hezekiah Pitt foi promovido a capitão para substituir Thompson. E lá estava ele, de uma hora para a outra, num posto sobre o qual nada sabia.

Após a batalha, ele se sentou em uma tenda com alguns dos oficiais da Trinta e da Nona Infantaria dos Estados Unidos para perguntar sobre os deveres de um sargento e fez uma lista. Estava ansioso para ir bem e fazer tudo certo. Eles riram dele; eleito sargento sem ter nem vinte anos. Assim era a milícia. Eles riram de como falava. Eram homens do Maine e de Nova Iorque, com um sotaque particular. Ele fingiu que escrevia sua lista para que não notassem o ar perplexo de quem não estava entendendo nada em sua própria língua.

Ele listou organizadamente todas as obrigações de um sargento. Informações escritas era o que importava naquele mundo, de relatórios a mapas de reconhecimento e à lista de funções da companhia. Depois, as milícias da Geórgia e do Tennessee e os regulares do Exército partiram para Pensacola. Eles estavam na região que o povo chamava de Alabama, e o governo dos Estados Unidos chamava de Território do Mississippi. Como ele se saiu bem na Batalha de Horseshoe Bend e era maior de idade, foi encaminhado ao Trigésimo Nono. Precisavam dele. Era um branco pobretão, alto e forte. A marcha foi longa até Pensacola. Marcharam para o sul, saindo da região montanhosa do Alabama e descendo para a planície, através de pilhas de folhas de palmeira, altas o suficiente para arranhar o ferimento no seu quadril, e trepadeiras verdes com espinhos a cada centímetro de talo. Durante toda a marcha, o músico da companhia tocava "Stone Grinds All" e "Little Drops of Brandy" na sua gaita de lata irlandesa, em dó maior, repetindo sem parar. Em Pensacola, o Exército o colocou para transportar prisioneiros. Ele odiava aquele trabalho.

Aprendeu todos os métodos de interrogatório e todos os códigos secretos com os quais seus prisioneiros britânicos se comunicavam, como usar o método da gravata e outros para conter os prisioneiros violentos. Aprendeu o uso de algemas e de ferros de perna e como manter prisões nas areias quentes do golfo da Flórida. Em poucos meses, ele conseguiu sair do departamento e se livrar dos desmandos de seu comandante para cair na companhia de mensageiros. Os corredores.

Ali, finalmente, conseguiu fazer o que amava: transportar informações nas próprias mãos, sozinho, pela vastidão do sul; mensagens, pedidos, mapas, relatórios. O exército de Jackson não tinha outro jeito de se comunicar, diferentemente da Marinha. O Capitão Kidd já tinha mais de um metro e oitenta de altura e músculos de corredor. Tinha bons pulmões e conhecia a região. Ele era de Ball Ground, Geórgia, em Blue Ridge, e correr por longos trajetos era uma atividade prazerosa para ele.

Naquela época, ele mantinha seu cabelo castanho escuro amarrado num rabo de cavalo e nada o agradava mais do que viajar livre e sem pertences, sozinho, com uma mensagem na mão, levando informações de uma unidade para outra, sem se preocupar com seu conteúdo, independentemente do que estava escrito ou ordenado nele. Corria até a longínqua Companhia do Tennesse de Jackson, com suas bandoleiras brancas cruzadas. Saudava o ajudante na tenda dos oficiais, recebia instruções, colocava as mensagens na bolsa e partia.

Corria com muita disposição e alegria. Sentia-se como uma bandeira ao vento, estampada com alguma insígnia real e com mensagens de grande importância confiadas aos seus cuidados. Ele recebera um distintivo de corredor feito de metal prateado e espalhara gordura de *bacon* sobre ele para que não brilhasse e o denunciasse enquanto corria pelas colinas, pela areia e pelas palmeiras da costa. Deram-lhe uma pistola de pederneira, mas era pesada, e o gatilho se enganchava em tudo, de modo que desmontou a arma e a carregava na mochila.

Esquivava-se do fogo da artilharia e dos mosquetes no Forte Bowyer, em Mobile, e cruzava – tanto a pé quanto naqueles pequenos cavalos da Flórida chamados Tackies – as linhas da Geórgia até a Ilha Cumberland com suas mensagens numa bolsa de couro. Dois anos de travessias pela Geórgia e pelo território do Alabama, solitário, com suas informações em mãos. Certa vez, exausto, adormeceu em uma grande tremonha vazia, ao lado de uma cabana, e ao acordar se deu conta de que estava em um grande pátio lotado de britânicos. Ficou escondido onde estava até o calor do meio-dia, quando todos foram embora. Se o tivessem descoberto, eles o teriam matado a tiros ali mesmo.

Ele se lembrava daqueles dois anos com uma espécie de encantamento. Como quando alguém recebe a vida e a missão às quais foi destinado.

Não importa quão estranhas ou quão fora do comum. Quando chegou ao fim, ele não se surpreendeu. Era bom demais, perfeito demais para durar.

Gostaria de ter ido para o oeste, para os assentamentos espanhóis, mas tinha uma mãe viúva e irmãs mais novas que dependiam dele. Ele não era homem de se casar sem muito refletir. Duas vezes, refletiu tempo demais, e as jovens devolveram suas cartas e se casaram com outros. Quando completou seu aprendizado de impressor em Macon, sua mãe já havia morrido, e as duas irmãs finalmente se casaram. Depois dos eventos no Álamo, com o exército mexicano de Santa Ana finalmente derrotado em San Jacinto, ele partiu para o Texas.

Sua segunda guerra foi a guerra do presidente Tyler com o México. Jefferson Kidd já estava com quase cinquenta anos e há muito se estabelecera em San Antonio, onde finalmente conhecera sua esposa. Ele montara sua gráfica na Plaza de Las Islas, também chamada de Plaza Principal, no primeiro andar de um prédio novo e moderno que pertencia a um advogado chamado Branholme. Ele fundiu caracteres com til e acento agudo e exclamação e interrogação de cabeça para baixo. Estudou espanhol para que pudesse imprimir todas as circulares e folhetos que fossem necessários, muitos para a paróquia da Catedral. Trabalhava muito para o jornal San Antonio, assim como para o mercado de feno e os bares.

Em suas longas viagens pelo Texas, com seus jornais no portfólio e o portfólio no alforje, o Capitão pensava com frequência em sua esposa. Lembrava-se do primeiro dia em que viu Maria Luisa Betancort y Real. Foi quando descobriu que coisas imaginadas são muitas vezes tão reais quanto aquelas que você pode tocar. É preciso dizer, no entanto, que ver e conhecer são duas coisas diferentes. Ela pertencia a uma antiga família espanhola, e foi necessário tomar providências formais para ser apresentado a ela. Existe um mecanismo de repetição na mente humana que opera independentemente da vontade. A memória trazia consigo o vazio da perda, a perda irremediável, e ele então prometia a si mesmo não mais lembrar, mas não conseguia evitar. Ela corria pela rua Soledad atrás do leiteiro e de seu cavalo caramelo. O leiteiro se chamava Policarpo e passara pela casa da família dela sem parar. *Poli! Poli!* Ela perdera um sapato correndo. Tinha olhos cinzentos, da cor da chuva. Seu cabelo era cacheado. A casa de sua família era a grande *casa de dueña* da família Betancort, no cruzamento da Soledad com a Dolorosa. Uma esquina de nomes tristes.

O Capitão saiu de sua gráfica e pegou o cabresto do cavalo. Pare, Poli!, ele disse. Uma *señorita* está chamando você. Mesmo contra a vontade, ele agora lembrava cada conta na barra de seu corpete e a mão dela em seu braço, equilibrando-se enquanto enfiava o pé fino e pequeno de volta no sapato, e depois o leite quente despejado em sua jarra. O leite cheirava a vaca, com o aroma de baunilha do arbusto branco que as vacas leiteiras adoravam comer às margens do Riacho Calamares. Seus olhos cinzentos.

Foi assim que se tornou um homem com esposa e duas filhas. Ele amava a impressão, sentia que enviar informações pelo mundo era a coisa certa. Independentemente de seu conteúdo. Tinha uma prensa Stanhope e uma loja com vitrines de três metros que recebiam toda a luz de que precisava nas caixas, placas e mesas de montagem. Durante a Guerra do México, disseram que precisavam dele de qualquer maneira, apesar da idade. Ele organizaria as comunicações das forças de Taylor e recebeu uma pequena impressora manual para imprimir as ordens do dia. Ele nunca vira uma prensa manual tão pequena. Ele escrevia as ordens de Taylor e as entregava ao capitão Walker, dos Texas Rangers, e os cavaleiros de Walker galopavam com as mensagens entre Port Isabel, no Golfo, e o acampamento do Exército ao norte de Matamoros, no Rio Grande.

A certa altura, um ajudante de campo da equipe de Taylor teve a ideia de enviar um balão de ar quente para espionar as forças de Arista e lançar propaganda. Foi preciso alguém lembrar que um bom tiro derrubaria o balão. E que a maioria dos recrutas mexicanos não sabia ler. Um tenente-coronel desistiu da ideia. Nunca subestime a engenhosidade do Exército dos EUA.

Taylor nomeou-o capitão intermediário na Segunda Divisão, para que pudesse organizar os mensageiros e conseguir aquilo de que precisava:

papel, tinta, cavalos. Seu serviço na Guerra de 1812 o deixava apto ao posto. A partir daí, ficou conhecido como Capitão Kidd.

Ele estava em Resaca de la Palma quando um dos balaços de doze libras de Arista atravessou a barraca de apoio e esfacelou uma mesa a um metro dele. O óleo dos lampiões saltou para todos os lados, manchando a lona da barraca com grandes pontos transparentes. Um major pôs-se em pé com uma lasca de mesa enfiada no pescoço. Esta gola está muito apertada, disse ele, e desmaiou. Por incrível que pareça, sobreviveu.

Ele ouviu *sentinela, alerta!* quando os homens irromperam as defesas de Arista e os viu voltar exultantes com o saque; a prata da mesa do general mexicano e sua escrivaninha e as cores do Batalhão Tampico. Do que vale vencer uma batalha sem saque? Você os derrota e pega suas coisas – militarismo básico.

Ele estava com as forças de Taylor em Buena Vista, nas altas montanhas sobre Monterrey. Eles vinham sendo alvejados desde o Rio Grande, sem saber muito bem se por atiradores de elite do Exército mexicano ou por apaches. O Capitão recebeu um modelo velho de pederneira Springfield, de 1830, mas fora criado com aquelas armas e as conhecia bem. Deitou-se numa carroceria e atirou na fumaça que vinha das armas inimigas, acreditando ter derrubado mais de um atirador escondido. Era meado de fevereiro de 1847. No ar rarefeito das montanhas, nos arredores daquela cidade mexicana, com a fumaça das fogueiras subindo reta no ar parado, os jovens queriam saber sobre a Batalha de Horseshoe Bend. Queriam comparar seu próprio comportamento com o de seus antepassados. Queriam saber se estavam à altura, se o que suportavam era igualmente difícil, se seus inimigos eram tão astutos e corajosos.

Os *rangers* do Texas encostavam-se nas caixas e ouviam. Eram jovens tranquilos, totalmente imprudentes e aparentemente sem medo. Os mexicanos os odiavam e os chamavam de *rinches,* mas adorariam ter uma ala de cavalaria independente tão hábil e letal quanto eles.

O Capitão nunca conhecera qualquer outra tropa ou unidade como eles. Por cortesia, ouviam um homem mais velho. Foi quando ele contou o que pôde – ou o que quis – sob as estrelas altas do México, naquela noite fria. Contou que os Creek e os Choctaw usavam armas de cano liso; que a milícia da Geórgia, da qual fazia parte, trouxera seus próprios rifles e balas Minié usadas; que seus carroções haviam afundado na areia no caminho para Pensacola; que seu capitão foi morto no segundo dia de batalha e ele conseguiu rastejar e arrastá-lo de volta, mas ele morreu. E continuou: que Jackson era um homem destemido, parecia louco quando estava lutando. A pergunta pairou no ar: você foi ferido?

Sim, levei um tiro no quadril, disse ele. Não atingiu o osso. Eu só soube depois. Os Red Sticks tinham ficado sem munição e atiravam todo tipo de coisa pelas armas de cano liso. Acho que fui atingido por uma colher.

Ele fez uma pausa. Os joelhos de suas calças pareciam queimar no calor do fogo, e suas mãos estavam manchadas de tinta. Naquela época, ele carregava um revólver Colt novo, que batia e pesava em seu cinto. Os *rangers* fumavam e esperavam em silêncio, sob seus chapéus. Suas barbas eram sedosas porque ainda eram jovens, mas seus rostos pareciam artificialmente envelhecidos.

Eles queriam um pouco de sabedoria, queriam conselhos.

Você pode ser atingido e nem se dar conta, disse ele. O homem próximo a você também. Cuidem uns dos outros.

Eles assentiram, olhando para o fogo e refletindo. Pensavam em como lutavam numa terra estranha e contra um exército estranho, um exército rigidamente europeu e formal, mas onde os soldados rasos, mestiços, andavam descalços, mas forçados a usar colarinhos altos. O adversário era José Mariano Martín Buenaventura Ignacio Nepomuceno García de Arista Nuez, um republicano convicto e em conflito com seu próprio Estado-maior. O exército mexicano estava, de fato, dividido em facções de aristocratas irredutíveis e de generais com teorias liberais.

Mais tarde, já sozinho junto ao fogo que se apagava, ocorreu-lhe que deveria assumir a tarefa de divulgar essas interessantes, ou melhor, *vitais* informações recolhidas dos relatórios da inteligência e da imprensa em geral. Sobre as lutas que ocorriam nos níveis mais altos do Exército mexicano, por exemplo. Se as pessoas tivessem um real conhecimento do mundo, talvez não pegassem em armas. Ele poderia ser um agregador de informações, vindas de lugares distantes, e talvez o mundo fosse um lugar mais pacífico. Ele realmente acreditava nisso. Essa ilusão durou dos seus quarenta e nove aos seus sessenta e cinco anos.

Foi quando passou a acreditar que, no fundo, o que as pessoas precisavam não era apenas de informações, mas de contos sobre o remoto, o misterioso, travestidos de informação pura. E que ele, como um corredor, ainda que imóvel e protegido por seu avental de impressão manchado, os traria para eles. Assim, por um pequeno espaço de tempo, os ouvintes se deixariam levar a um lugar de restabelecimento, como águas curativas.

Quatro

Ela caminhava ao lado da carroça, cantando. *Ausay gya kii, gyao boi tol.* Prepare-se para um inverno rigoroso, prepare-se para tempos difíceis. Ela caminhava ao lado do cavalo descalça, com as solas dos pezinhos duras como madeira. Como todas as pessoas que não usam sapatos, seus dedões apontavam para a frente. *Ausay gya kii,* ela cantava.

Ela acreditava estar caminhando em direção ao desastre, adentrando uma terra devastada e faminta. À sua volta, nas colinas onduladas, não havia búfalos nem pássaros dos cânions, com seu cantarolar incessante. Nesta terra não havia Kiowa nem mãe nem pai. Ela estava totalmente sozinha, presa em roupas estranhas, um vestido de algodão com listras azuis e amarelas e uma cintura apertada. A renda que a atava só podia ter finalidades mágicas, destinada a confinar seu coração e sua respiração em uma espécie de jaula que a manteria para sempre fechada como um punho.

Ela colocou a mão no eixo da carroça e cantou enquanto andava porque era melhor do que chorar. A terra estava coberta pelos carvalhos baixos e retorcidos do vale do Rio Vermelho, com seus galhos pretos de tanta chuva. A terra parecia solta pelo caminho, como se tivesse sido libertada do confinamento das cidades. Ela não entendia por que eles viviam empacotados nas cidades. Ela carregava os sapatos ao pescoço com os cadarços amarrados e caminhava no feltro das folhas molhadas. Descobriria para onde estavam indo e então escaparia ou se deixaria morrer de fome. Não valia a pena viver sozinha entre estranhos. Pessoas que a matariam, que mataram seus entes queridos. O agente dissera que ela estava voltando para seu povo. E ele parecia acreditar na sua própria piada.

O Capitão estava sentado no assento do condutor, com a gola do casaco levantada e a aba do velho chapéu de campanha abaixada sobre a testa. Uma garoa leve pairava sobre a paisagem de tortos carvalhos, cujos galhos não tinham nem quinze centímetros de linha reta. A estrada subia e descia nas colinas curtas da margem sul do Rio Vermelho. Seu cavalo de sela, Paxá, fora amarrado a um anel na parte traseira da carroça e passeava feliz e livre de cavaleiro. Seu cavalo de carga, Bela, estava entre as barras; ela tinha se acostumado aos arreios e seguia sem problemas. Ela olhava de um lado a outro das duas pistas da estrada cobiçando os tufos de grama, que começavam a ficar verdes neste final de fevereiro. À esquerda deles estava o Rio Vermelho, um largo lençol de água da cor de tijolo. Ele parou.

Ele acenou para a garota. Ela ficou ao lado do cavalo de carga e agarrou o arreio. Ela olhou para ele e não se aproximou.

Olhe aqui, disse ele. Ele puxou o Smith and Wesson, soltou o cilindro do cartucho e o abriu, mostrando a ela as cargas. Com um giro de mão, ele o colocou de volta no lugar. Ele disse: Isso é para o caso de haver problemas. Ele olhou em volta de modo teatral, fingiu cautela, estendeu o revólver em direção às árvores e fez ruídos de disparos. Colocou-o de volta sob as tábuas do assoalho, do seu lado esquerdo, com um gesto exagerado e óbvio.

Ela continuava parada, imóvel. Apenas seus olhos se moviam.

E isso, ele disse. Puxou a velha espingarda. Enfiou a mão no baú da charrete e tirou um punhado de cartuchos. Ele disse: Em caso de ataque, essa carga totalmente inadequada de tiro a pássaro fará ao menos um barulho alto. A garota observava atentamente, confusa, até que ele ergueu a espingarda e seu rosto clareou. Ele segurava a espingarda e o revólver com a mão esquerda. O Capitão virou o cano da espingarda em todas as direções com seus olhos de falcão, profundos, cravados no cano.

Ele colocou tudo de volta. Não sorriu para ela. Ele sabia o que estava fazendo. Ela continuava parada como uma folha caída. Ele permanecia sentado, magro e alto, no assento do condutor, olhando para a garota com um olhar calmo até que, finalmente, ela assentiu com a cabeça. Pareceu-lhe que ela entendia, mas não estava disposta a admitir que eles poderiam estar do mesmo lado contra alguém ou alguma coisa.

Seguiram. Ele pensava sobre sua estranheza. O que a tornava tão peculiar? Ela não tinha nenhum dos gestos ou expressões das pessoas brancas. Os rostos dos brancos eram móveis e abertos. Desprecavidos. Eles mexiam as mãos, inclinavam-se e se apoiavam nas coisas, balançavam a cabeça e o chapéu. O silêncio irretocável da garota a fazia parecer estranhamente ausente. Ela tinha o porte de todos os índios que ele já vira, uma espécie de quietude cinética; ela era, no entanto, uma menina de dez anos com cabelo loiro escuro, olhos azuis e sardas.

Você, disse ele, apontando para ela.

Ela fez um ligeiro movimento de esquiva para o lado. Seu cabelo cor de biscoito voou num sobressalto. As pessoas Kiowas nunca apontavam com os dedos. Nunca. Eles apontavam com canos de armas ou com as varas de xamã que jogavam demônios terríveis no corpo de um inimigo. De nenhum outro jeito. Ele não sabia disso.

Você, Jo-han-ah, disse ele. Você, Johanna. Ela se inclinara ligeiramente para a frente, como se isso a ajudasse a entender. Ela segurava a correia nas costas da égua. O aroma forte do cavalo e sua anatomia quente eram a única coisa familiar para ela nessa catastrófica mudança de vida.

Capitão. Ele apontou para si mesmo.

Ela caminhou de lado, de modo a olhar para ele, e depois de alguns instantes entendeu que aquele apontar não faria mal. Ele não poderia estar jogando demônios para dentro de si mesmo. Certamente não.

Ele tentou novamente. Ainda quieto, com as rédeas na mão direita, apontou com a esquerda para ela novamente. Johanna, disse ele, pacientemente. Ele fez um gesto encorajador. E esperou.

Ela soltou a corda, ficou parada e ergueu as duas mãos à frente com as palmas para fora. Ele puxou a pequena égua. Ela invocou seu espírito guardião, aquele que lhe dissera que ela deveria usar uma pena de asa de águia dourada no cabelo como um sinal de que ele sempre estaria com ela. Eles a tinham atirado fora. Jogaram tudo pela janela. Mas seu espírito guardião talvez ainda pudesse ouvi-la. O velho queria que ela dissesse algum nome encantado. Poderia não ser perigoso.

Ela disse: Chohenna. Ao falar, mostrou o branco de seus dentes inferiores.

Ele apontou para si mesmo. Capitão, ele disse.

Kap-tan, ela disse.

Ele apontou para ela novamente.

Ela teve um momento de medo, mas buscou coragem e disse: Chohenna.

Então ele apontou para si mesmo novamente.

Ela disse, Kap-tan.

Muito bem. Agora vamos em frente.

Eles cruzaram a parte alta do Little Wichita a apenas um quilômetro e meio de onde desaguava no Rio Vermelho – e o atravessaram correndo. O Capitão colocou Johanna na carroceria e soltou a corda que prendia Paxá. Pegou a faca de acampamento, uma faca de açougueiro, e a colocou inteira sob cinto no caso de ter que cortar Bela de seus arreios. Começaram a trotar quatrocentos metros antes da travessia, cada vez mais rápido, até chegarem à água galopando. Johanna agarrou-se ao assento enquanto a água batia nas letras douradas das *Águas Curativas Fontes Minerais do Leste do Texas*. Diminuíram a velocidade com a força da correnteza, que acabou dominando a pequena égua e a charrete também. Um grupo de corvos levantou voo da outra margem, gritando. A espuma borbulhava ao redor deles, detritos e folhas corriam rápida e sinuosamente sobre a água. A charrete flutuou por um instante. A égua bufou, afundou, ergueu-se, sacudiu os cascos nas águas ainda cheias até bater com força no fundo e levantá-los na outra margem, com a água escorrendo da carroça como cachoeiras. Paxá era um cavalo valente e mergulhara atrás deles sem hesitação, emergindo do outro lado alguns metros rio abaixo, sacudindo a cabeça de maneira triunfal. Coberto por uma bruma molhada, veio trotando para se juntar a eles e ser amarrado à carroça. À medida que avançavam, o Capitão inclinava a cabeça e ouvia um clique constante. Desceu e olhou para a roda dianteira. Havia uma ruptura na roda de ferro. Nada a fazer naquele momento; talvez houvesse um ferreiro em Forte Espanhol.

Naquela noite, o Capitão mostrou a ela o pequeno fogão de ferro que comprara com a charrete. Faria menos fumaça do que uma fogueira. Era do tamanho de uma grande caixa de munição, com uma pequena chaminé subindo mais ou menos meio metro, o suficiente para manter a fumaça longe de seus rostos. Ele baixou a porta traseira e mostrou o fogão, quadrado, preto e misterioso.

Ela não tinha ideia do que era.

Fogão, disse ele. Fogo. E instalou os canos.

Ela estava na frente dele com seu vestido listrado de amarelo e azul, os pés descalços, o cabelo caramelo escorrendo pelas costas, úmido da garoa. Em um movimento rápido, ela levou o braço direito para a frente e para baixo e estalou os dedos para cima com sua mão calosa.

Ah, disse o Capitão. Um sinal. O sinal de fogo. Ele conhecia um pouco da linguagem de sinais dos índios das planícies e fez o sinal de sim.

Encorajador. Eles teriam, pelo menos, alguns meios limitados de expressão.

Ele mostrou a ela como o fogão funcionava – a tampa superior do tamanho de uma mão, a roda de ar. Pendurou uma das cortinas laterais da charrete entre um carvalho curto e um dos lados do veículo para fazer um abrigo contra a garoa. Ela observava cada movimento dele. Talvez estivesse com medo, talvez soubesse que deveria aprender como essas coisas funcionavam.

Os cavalos estavam felizes com seus sacos de ração cheios de uma boa porção de milho sem casca. A garota parou ao lado da pequena égua e alisou sua pata. Deu um murmúrio de pena. A égua era jovem e forte, mas tinha a pata dianteira direita ligeiramente torcida, com o casco virado para dentro, e por isso o Capitão a comprara barato. A menina percebeu imediatamente e deu um leve tapinha na égua enquanto ela e Paxá, lado a lado, moíam o milho com um ruído semelhante ao de moedores manuais.

O Capitão encontrou gravetos secos na grama alta e pescou seu isqueiro de pedra do bolso interno do casaco. Fazia tudo lenta e deliberadamente. Começou a fazer fogo. Johanna observava com uma expressão cautelosa, desconfiada. Inclinou-se em direção ao pequeno fogão para espiar a grelha e viu o ar ser sugado e os gravetos queimar com mais intensidade. Cautelosamente, tocou no topo e puxou a mão de volta.

Pi tso ha!

Sim, disse ele. O que quer que isso signifique. Quente, suponho.

Ele preparou café, bolinho de milho e *bacon* frito. Ela se sentou sob a cortina lateral de lona com a comida nas mãos por um longo tempo. Por fim, ela começou a cantar para a comida, como se a adorasse, como se o *bacon* fosse um ser vivo e o bolinho fumegante fosse um presente da Mulher do Milho. Não havia fogueira para lançar sombras, mas havia uma meia-lua crescente, que se mostrava e se escondia atrás de uma cascata de nuvens, indo e vindo.

O Capitão limpou o prato com o bolo de milho. Talvez ela fuja. Mas não teria para onde ir. Os Kiowas estão do outro lado do rio, e o rio é um oceano solto e furioso de águas doces e espumosas, de quase oitocentos metros de largura, que podia carregar árvores inteiras. Ela pode pegar o revólver ou a espingarda, e ele acordaria no outro mundo.

O Capitão recostou-se na velha sela espanhola, virada de cabeça para baixo, com a cabeça apoiada no pelego. Pegou o *Tribune* de Chicago e o folheou à luz do lampião. Ela se deitou enrolada em um grosso poncho chamado *jorongo*, com estampa de diamantes vermelhos e pretos, e o encarou com seus inexpressivos olhos azuis.

Ele sacudiu as páginas e disse: Montaram uma grande fábrica de processamento de carne em Chicago. Espantoso, não? Eles alimentam o gado de um lado, e no outro ele sai em latas.

Ela não tirava os olhos dele. Ele sabia que ela se preparava para algum tipo de violência. O Capitão Kidd era experiente não apenas em anos, mas também em guerras. Ele sorriu para ela e pegou o cachimbo. Mais do que nunca, sabia que qualquer homem que aspirasse à humanidade, por mais frágil que fosse, tinha o dever de proteger as crianças e até matar por elas se fosse preciso. Isso fica mais claro quando se tem filhas. Ele achara que não teria mais filhas para criar. Quanto a proteger esta criança selvagem, ele concordava em princípio, mas preferiria encontrar outra pessoa para fazê-lo.

Você é um problemão, disse ele. Nós dois ficaremos felizes quando você estiver com seus parentes e puder tornar a vida deles um inferno.

O rosto dela não mudou. Ela limpou o nariz lentamente na manga.

Ele virou a página e disse: Isso é escrita. Isso é impressão. Isso nos conta tudo que devemos saber no mundo. Conta, também, o que devemos querer saber. Ele olhou para ela e disse: Há lugares no mundo chamados Inglaterra, Europa e Ín-di-a. Ele exalou fumaça pelo nariz. É provável que não devesse fumar. O cheiro podia ser sentido por quilômetros.

Ín-di-a, ela sussurrou. Ela começou a brincar com os dedos das mãos.

Ele deitou sobre seus cobertores e rezou por Britt, que sempre corria perigo em suas viagens. Pela segurança das filhas, do genro e dos netos, que talvez estivessem começando a longa e perigosa viagem que, a seu pedido, os traria da Georgia. Teriam de cruzar o Mississippi. Rezou também pela própria segurança e a de Johanna, pois também estavam em perigo.

Tantas pessoas, tantos estragos.

Colocou o chapéu sobre o rosto e não demorou a adormecer.

Cinco

No dia seguinte, continuaram em direção a Forte Espanhol. A estrada serpenteava ao longo da margem sul do rio, no grande vale do Vermelho. Mais de um quilômetro e meio ao sul, começavam a subida e os penhascos. Em um tempo remoto, o rio chegava até lá, rasgando as terras; ao longo dos séculos, ele se moveu como uma grande cobra vermelha de um lado a outro do vale. A chuva parara por enquanto.

O Capitão não gostava que ela caminhasse, mas ela se recusava a cavalgar ou a calçar os sapatos. Ela observava o rio. Ela sabia muito bem que do outro lado era Território Indígena. Sua mãe estava lá, seu pai, talvez irmãos e irmãs e todos os seus parentes, seu clã dentro da tribo, talvez um jovem a quem ela tivesse sido prometida. Os troncos pretos e retorcidos dos carvalhos eram rígidos e espetados como escovas de chaminé. Um bom lugar para uma emboscada. Seria bom ter um cachorro. Ele deveria ter conseguido um cachorro com alguém.

Ela parou e ergueu a mão. Ela olhava para frente.

Ele puxou as rédeas, e Bela parou. Atrás deles, Paxá apontou as orelhas para a frente e de repente soltou um longo relincho.

O Capitão Kidd puxou o revólver e mais uma vez checou a carga. Estava seca. Colocou-o a seu lado nas tábuas do chão, à esquerda do assento, e o cobriu com uma lona que embrulhava um pedaço de *bacon*. Lembrou que os cartuchos do .38 estavam escondidos no barril de farinha.

Depois de alguns momentos, ele ouviu o som de uns dez cavalos e o tilintar dos equipamentos das selas. Seus cascos batiam nas pedras da estrada. Uma companhia montada do Exército dos EUA apareceu a um quarto de milha na estrada.

Ele saltou e agarrou a garota pelo braço. Fez o sinal de "bom" diante do rosto dela. Estavam em um dos poucos trechos retos e nivelados entre os carvalhos, e os soldados vinham bem na direção deles, como uma unidade de couro azul e reluzente, surgindo das árvores como soldados fantasmas. Ele a virou para ele e fez o sinal de "amigo". Ela tinha ficado da cor de farinha. Seus lábios tremiam. Ele a levou até a roda da carroça e a ergueu de modo que ela pudesse colocar o pé descalço em um dos raios e saltar para dentro da charrete, onde afundou em uma confusão de saias e cabelos soltos. Ela puxou o *jorongo* de lã grossa sobre a cabeça. Ele subiu depois dela, sentou-se no banco do condutor e desenrolou as rédeas que estavam amarradas.

Está tudo certo, Johanna. Johanna?

Ele sabia que ela pensava que ele iria entregá-la ao exército. Que esse era, provavelmente, um encontro arranjado.

Na frente vinha um tenente; as barras duplas da insígnia em seu ombro brilhavam na luz fraca. Sinal de que era uma patrulha regular, trotando para cima e para baixo ao sul do Vermelho em busca de sinais de salteadores tentando cruzar, o que era improvável, por causa da inundação. Todos carregavam revólveres Navy Colt de cinco tiros, grandes como pernas de presunto, em seus coldres e as carabinas Colt calibre .56, também padrão para aquelas partes do país.

O tenente pediu que a coluna parasse, cavalgou até o lado da charrete e disse: Bom dia. Os dez homens atrás dele tiraram os pés dos estribos para aliviar os joelhos, e alguns aproveitaram a oportunidade para beber de seus cantis. Na retaguarda, as mulas de carga zurravam para os cavalos em longos guinchos, como apitos de trem.

Bom dia, disse o Capitão.

O tenente olhou para dentro da charrete e viu a garota no chão, logo atrás do Capitão, com uma expressão paralisada de medo, ou mesmo terror. Ela se colocara o mais próximo possível do revólver do Capitão. Com o braço encoberto pela lã vermelha, ela deslizou a mão e tocou no cabo, escondido sob a camada de *bacon*.

A jovem parece muito incomodada, disse o tenente. Havia surpresa em sua voz, suspeita.

Ela era uma cativa, disse o Capitão. Estou devolvendo-a à gente dela, em Castroville, Condado de Bexar. Ele entregou os papéis do agente.

Gostaria de dar uma olhada nela, disse o tenente. Ele passou os olhos nos papéis. A caligrafia do agente era muito boa, muito clara. Ele leu facilmente a descrição da garota, sua altura aproximada e sua tez. Ele então ergueu a cabeça. As barras em seu ombro deram uma piscada. O rio soava estrondoso à sua esquerda. Eles o enxergavam através das árvores.

Sim, vou tentar, disse o Capitão. Ele ajeitou o chapéu com mais firmeza na cabeça e passou por cima do assento do vagão. Agarrou a lã vermelha grossa e a retirou de cima da cabeça dela.

Johanna, ele disse. Johanna. Ele deu um tapinha no ombro dela.

Puxa, caramba, disse o tenente. Ele fora pego de surpresa pelo olhar inexpressivo e selvagem no rosto da garota. Eu imaginaria que ela estivesse mais feliz de voltar pra casa.

O Capitão ficou entre Johanna e o tenente. Ele disse: Eles a pegaram aos seis anos. Ela acha que é uma Kiowa.

Entendo. Bem, espero que você a instrua. Ele se inclinou para olhar em torno do Capitão e olhou para ela, examinando-a. Depois, inclinou-se para devolver os papéis ao Capitão. Ele disse: O senhor é o homem que lê as notícias.

Sim, sou eu.

Eu estava lá em Fort Belknap, na sua leitura.

Ah, que bom.

Não suponho que tenha seus documentos de lealdade para me mostrar.

Não, não tenho.

Como está em uma espécie de negócio oficial, precisará deles. Se você ajudou voluntariamente o Exército Confederado de alguma maneira, precisará de uma cópia autenticada de seu documento de lealdade.

Eu não ajudei.

Seus meninos estavam no conflito?

Eu não tenho filhos.

Você está armado?

Tudo o que tenho é uma espingarda calibre .20.

Deixe-me ver.

O Capitão Kidd sacou a velha espingarda, puxou o ferrolho e pegou o projétil no ar. Chumbinho. Ele o entregou ao tenente. Johanna tinha de alguma forma conseguido inserir quase todo o corpo magro sob o assento e novamente puxara a lã vermelha grossa do cobertor mexicano sobre a cabeça. Ela puxara o revólver para perto de si e olhava para as tábuas do piso da charrete sem perder uma só nuance, uma só entonação nas vozes dos homens. Já entendera que o Capitão não iria deixá-los ficar com ela. O tenente era um homem de voz dura, mas agora sua voz baixara de tom e tornara-se mais coloquial.

Como se carrega?, perguntou o tenente.

Chumbo Número Sete.

Não serve para muita coisa. Acho que está tudo bem. O tenente o devolveu. O senhor não carrega um rifle ou uma pistola?

Claro que não, disse o Capitão, enquanto deslizava a espingarda de volta à carroceria. Se eu encontrasse Comanches pelo caminho, eles o tomariam de mim. Pegou seu tabaco e encheu o cachimbo. E poderiam usar para me matar, disse ele. Riscou um fósforo.

Não valia a pena falar sobre o governo corrupto da Reconstrução que comandava o Texas, nem sobre a impensada lei que proibia o porte de revólveres, mesmo aqui na fronteira.

Johanna ouviu enquanto a voz do Capitão ganhava um tom irritado. Ele estava sendo agressivo com os soldados. Seus olhos brilharam.

Sim, muito engraçado, disse o tenente. Ele correu os olhos por tudo na carroceria; as provisões e cobertores, o pequeno fogão de ferro, a pasta com os jornais, um saco de fubá, o saco de centavos e outras moedas, sua caixinha de tiro com os cartuchos e os chumbinhos, um pequeno barril de farinha. Olhou para o pedaço de *bacon* ao lado do assento, no lado esquerdo. O tenente olhou para o barril de farinha e perguntou: O que há nele?

Farinha.

Muito bem, então. Eu suspeito que eles vão rescindir essa lei em breve. Eu sei que as pessoas precisam de armas para se defender.

De jeito nenhum, disse o Capitão.

O tenente ignorou a ironia. O senhor vai para onde?

Weatherford, Dallas, depois para o sul até Castroville e San Antonio.

Muito bem. Um caminho longo. Bom dia, senhor. Desejo-lhe uma boa viagem.

Filhos da puta, disse ele. Pode sair agora, Johanna. Pode reaparecer como as flores em maio. Eles não vão amarrar você com ferros e jogar você em uma cela. Ele fumava seu cachimbo enquanto sacudia as rédeas. O cachimbo fora esculpido em caulinita no formato da cabeça de um homem e, no ar úmido, a fumaça pairava imóvel, de modo que, ao se afastarem, ela ficou para trás, suspensa no ar. Johanna?

Atrás dele ele ouviu, *Kap-tan*.

Não enfie uma faca nas minhas costas. Não me faça ouvir o temido estalo do revólver sendo armado. Vamos continuar nessa vida da melhor maneira possível.

Kap-tan!

Ela saltou agilmente por sobre as costas do banco do condutor e sentou-se ao lado dele. Ela segurava o revólver em uma das mãos, entre os joelhos. Ela fez vários sinais dos quais ele só entendeu um, que era "bom", e outro "solta" ou "livre". Algo assim. Ela sorriu pela primeira vez. Não havia sinal para "obrigado". Não havia nenhuma palavra em Kiowa para "obrigado". As pessoas deviam saber que se estava grato, porque você sabe que fez algo de bom, algo louvável, e não há necessidade de insistir no assunto. O Kiowa é uma língua tonal, e os verbos complexos são "cantados" para cima e para baixo, e isso por si só deveria ser suficiente para expressar gratidão por ter sido salva dos homens de azul com seus revólveres do Exército que pareciam pernas de presunto, com seus casacos e calças exatamente iguais, o que não era natural. Ele os enfrentou e a salvou. Ela virou a cabeça para olhar para ele com um olhar vivo em seu pequeno rosto redondo.

Sim, solta, disse ele. Livre. Ele tirou cuidadosamente o .38 da mão dela, clicou na trava de segurança, colocou-o de volta ao lado esquerdo do assento e puxou a lona sobre ele novamente. *Ela sabe como tirar a trava de segurança,* ele pensou. Sorriu para ela com um sorriso meio forçado.

Ela lutou com os metros de saias desconfortáveis, acomodou-se e deu um pequeno e leve sorriso direcionado ao mundo sem cor do vale do Rio Vermelho. Foi mais um erguer de sobrancelhas do que um sorriso. Em tom contente, disse algo em Kiowa. *Meu nome é Ay-ti-Podle, a Cigarra, e meu canto avisa que há frutas amadurecendo por aqui.* Ela gesticulou em direção ao cavalo de sela, na traseira, e jogou os cabelos para trás. Era como se ela quisesse incluir Paxá nesta felicidade recém-descoberta.

Ah, Chohenna, disse ele. Ele se virou e olhou para ela. Se o militar tivesse ido em sua direção, não tinha dúvida de que ela teria engatilhado o revólver e atirado nele à queima-roupa.

Ele disse: Seus parentes ficarão muito felizes em receber de volta, a ovelhinha deles.

Kap-tan!, ela disse, animada, dando um tapinha em sua mão ossuda.

Cho-henna, disse ele.

Forte Espanhol ficava a uma milha do rio, numa grande curva. O Rio Vermelho era a fronteira entre o Território Indígena e o que não era Território Indígena. Eles haviam passado por uma região cheia de colinas baixas e pontudas com pedras protuberantes no topo, parecendo monumentos. Enquanto seguiam em direção a Forte Espanhol, passavam por elas em velocidade constante e as admiravam como se fossem castelos distantes. Uma tempestade caiu daquele céu de março, vinda do norte, das planícies.

Chegaram à cidade de Forte Espanhol no final da tarde. Ela também era conhecida como Red River Station e era movimentada o suficiente para ter dois nomes. Tivera no passado algum tipo de fortificação, não se sabe se espanhola ou não, que já havia desaparecido. O Capitão segurou firmemente as rédeas e se esquivou de outros veículos. Johanna a princípio sentou-se atrás, enfiada na massa do *jorongo* mexicano; ela o mantinha apertado em torno do corpo e parecia um forninho de cal em vermelho e preto.

A charrete do Capitão guinchava com o giro das hastes na roda sob seus pés. Por acidente, engataram as rodas com uma carroça de carga e só conseguiram libertar-se com a ajuda do outro condutor, do Capitão e de vários transeuntes. Paxá recostou-se na corda do cabresto, mas ela não arrebentou. A essa altura, o Capitão tinha lama vermelha até os joelhos, formando uma crosta nos cadarços de suas velhas botas. As ruas estavam tomadas por um nevoeiro de fumaça de lenha, pois os jantares estavam sendo preparados nas casas e nos estabelecimentos da cidade.

Ele olhava para os andares superiores das casas e para as pessoas que lá estavam e que pareciam não fazer nada além de discutir e trancar as janelas contra o vento. Soldados a cavalo passavam em pares. O vento chegou forte do noroeste e os atingiu com força total, levando os chapéus das pessoas e arrancando os varais. Se os ruídos da cidade já enervavam o Capitão, como estaria se sentindo a menina? Ele se virou para tocar nas costas dela, batendo suavemente na lã vermelha grossa. Ela olhou para ele com medo no rosto.

Havia um grande celeiro na extremidade da cidade que servia como estacionamento, mas estava cheio de todos os tipos de transportes em quatro rodas. Não muito longe dali ficava o acampamento da Cavalaria dos Estados Unidos, e ele seguiu naquela direção passando por um pequeno bosque de carvalhos além dos limites da cidade. Lá ele ergueu o dossel e depois uma das cortinas laterais, e estendeu a cortina do outro lado como um toldo sobre a porta traseira. Ele soltou Bela e deixou que fosse pastar com Paxá. Parou por um momento para admirar Paxá, com seu pescoço grosso e curvo e seus grandes olhos. Um cavalo confiável e tranquilo. Lembrou-se de quando o viu em um lote de vinte a ser vendido em Dallas. Se o negociante tivesse notado seu entusiasmo, o preço teria subido cem dólares.

Por fim, o Capitão foi pegar o barril de farinha. Retirou a caixa de cartuchos .38 e colocou-a sob o assento.

Tudo certo, disse ele para Johanna. Ele bateu a farinha das mãos. Aqui, minha querida, faça alguma coisa. Tente ligar este fogão.

Sim, Kap-tan, sim, sim.

Ela disparou por entre os carvalhos, ainda descalça, para pegar lenha. Um relâmpago estourou com um barulho de artilharia, enquanto seus filamentos de fogo se espalhavam por todos os quadrantes do céu. Forte Espanhol pululava com carroças de mercadorias e com estabelecimentos comerciais, com rebanhos amontoados fora da cidade esperando para atravessar e homens ansiosos sob a lona, ponderando sobre o fim da chuvarada. Pensavam em como fazê-los atravessar o Vermelho antes que comessem toda a grama deste lado do rio e morressem de fome.

Seis

O Capitão Kidd deixou-a alimentando o fogão de ferro com gravetos e voltou para a cidade segurando a aba do chapéu. Encontrou o homem que cuidava da Loja Maçônica e tratou de alugá-la para aquela noite. Em seguida, caminhou pela cidade para pregar seus cartazes. Se não tivesse a menina para cuidar, não teria que ficar na charrete, poderia alugar um quarto com lampião a querosene e cortinas, tomar banho e comer em um restaurante. Sabe-se lá o que ela faria se fosse apresentada a um jantar em um prato. Sob a leve névoa, ele pregou cada anúncio com quatro tachas. Aprendera há muito tempo que menos tachas deixavam seus anúncios à mercê do vento e que invariavelmente acabavam nas mãos de pessoas que precisavam do papel para escrever listas de compras ou para outros fins.

Encontrou um violinista que conhecia havia algum tempo, Simon Boudlin, atrás da vitrine de uma loja que era tanto uma chapelaria feminina quanto um mercado de carnes. Ele estava sentado numa cadeira, com o queixo apoiado no punho e o violino embaixo do braço como se estivesse à venda. Ele via o mundo passar. Era um homem baixo, mas se portava como se tivesse um metro e noventa de altura; tinha ombros retos, amplos e angulares, e quadris estreitos. Seu cabelo espesso era um halo de fios marrons e rebeldes, e ele era sardento como um ovo de galinha-d'angola. Simon bateu no vidro com o arco de seu violino. O Capitão Kidd o viu e entrou.

Simon.

Capitão.

Você vai tocar esta noite? Eu vou ler.

Onde?

Na Loja Maçônica.

O Capitão se juntou a Simon na vitrine, em outra cadeira, e colocou no chão sua marreta e o maço de anúncios. Limpou seu velho chapéu de campanha com a manga.

Não, tudo bem, disse Simon. Eu já toquei. Sem competição. Ele sorriu. Tinha dois dentes quebrados em sua mandíbula esquerda, que só eram visíveis quando ele sorria, quando também exibia covinhas profundas em cada lado de sua boca. Ele trabalhava às vezes para o fabricante de rodas, e certa vez uma roda saíra do torno e o atingira no queixo. Por que você está aqui? Ele não era de falar muito, só quando tinha algo a dizer. Era um ouvinte atento e prestava atenção inclinando a cabeça como um passarinho, coisa que fazia agora. Gotas de chuva deslizavam brilhosas no vidro e, do outro lado, as pessoas passavam de cabeça baixa.

Estou a caminho de Dallas e depois vou para o sul, disse o Capitão. Vindo de Wichita Falls.

Você atravessou o Little Wichita, então.

Sim, e acho que Britt Johnson e sua equipe, também. Eles foram direto para o sul. Então, você está sem nada para fazer?

Simon assentiu com a cabeça. Acabei de tocar para a Escola de Dança de Fort Worth. Eles têm a escola de dança nos fundos, aqui. Ele apontou com o arco. O sujeito que deveria tocar para eles estava afinando seu violão lá na igreja, no piano, mas foi a uma oitava muito alta e arrebentou cada uma de suas cordas. Simon abaixou a cabeça e riu. *Bang, bang, bang*, uma depois da outra, não sei como não se deu conta. Passou a mão no rosto para não rir das desgraças do violonista. Bom, eu mesmo fiz isso uma vez, há muito tempo. Então! Eles vieram me buscar na fábrica de rodas para tocar para eles. É isso. Ele arrancou uma farpa enrolada na perna da calça.

Pois bem, ouça. O Capitão Kidd mudou de um pé para o outro e considerou rapidamente a possibilidade de Johanna já ter fugido para a mata. Olhou para as botas. Para as calças. Lama até as canelas. Várias mulheres compravam carne moída, que um homem tirava de um moedor de bico grande como uma lama vermelha. Do outro lado da loja, uma garota e sua amiga experimentavam chapéus. Do fundo da loja vinham as vozes leves de outras meninas e o som de vários rapazes cujas vozes eram muito baixas, mas que, ocasionalmente, desafinavam em tons agudos. Saíam carregando seus sapatos de dança. O Capitão ergueu o chapéu para eles. Ouça, ele disse. E procurou em sua cabeça sentenças e frases e palavras para explicar a situação.

Estou ouvindo, estou ouvindo, disse o violinista. Ele batia a cabeça do arco no chão, de leve, entre seus pés. Estava pensando em alguma música.

Acontece que estou devolvendo uma garota que era prisioneira dos Kiowas para a gente dela, ao sul, perto de San Antonio, e ela está numa charrete ali, naquele espaço atrás do celeiro, cozinhando o jantar.

Simon olhou pelo vidro molhado para os veículos que passavam, os homens e mulheres correndo ao longo do novo calçadão.

Você está brincando, ele disse. São quatrocentos quilômetros.

Não, não estou.

Qual a idade dela?

Dez. Mas, Simon, ela parece uma veterana de batalhas e conflitos.

Simon observou um caubói passar com seu chapéu inclinado contra a chuva crescente e com botas que brilhavam com a água.

O violinista assentiu com a cabeça e disse: Eles estão sempre em guerra.

Seja como for. Ela perdeu todo o conhecimento dos usos e costumes dos brancos e preciso de alguém para vigiá-la enquanto faço a leitura. Você e sua querida amiga Srta. Dillon me fariam um grande favor se ficassem com ela enquanto leio. Se a deixar sozinha, receio que possa sair correndo.

Simon balançou a cabeça lentamente em moto-contínuo. Ele refletia a respeito.

Ela quer voltar para eles, disse.

Aparentemente, sim.

Eu sei de uma pessoa que era assim, disse Simon. Eles o chamavam de Kiowa Holandês. Ele era completamente louro.

Ninguém sabia de onde ele havia sido capturado, nem quando. Ele também não. Estava tocando num baile lá em Belknap quando o trouxeram. Ele fugiu dos homens do Exército que o traziam e ainda está lá.

Acho que ouvi falar dele, disse o Capitão. Ele tamborilou os dedos no joelho. Sabe, é assustador, como suas mentes mudam tão completamente. Mas assumi esse compromisso e preciso tentar.

Simon ergueu seu violino e passou o arco pelas cordas. Seus dedos, duros e ásperos por causa da marcenaria, com calos nas pontas, saltaram nas cordas criando uma melodia: "Virginia Belle". *Ela nos arrasou quando nos deixou, doce Virginia Belle*. Ele parou e disse: Desculpe. Eu não consigo evitar. Então, ok. Vou buscar Doris. Ele esperou um momento, considerando onde Doris poderia estar. Provavelmente atendendo uma senhora chamada Everetson, que estava com febre. Deu um bocejo e ergueu a parte de trás do violino sobre a boca, como pessoas sem violino cobririam um bocejo com a mão. Disse: Capitão, o senhor assumiu um fardo pesado, infelizmente. Bateu com o arco de violino no sapato.

Para um homem velho, você quer dizer.

Simon se levantou e curvou-se sobre a maleta, enrolou um pedaço de seda encerada ao redor de seu instrumento e o colocou no veludo. Clique, clique, fechou as travas. Endireitou-se.

Sim, para um velho é exatamente o que quis dizer.

O Capitão, Simon e Doris correram sob a garoa até o monte de carvalhos. Entre o teto de folhas avermelhadas e a proteção do dossel e das cortinas laterais esticadas, a charrete estava seca o suficiente. A garota preparara um jantar com pão de milho, *bacon* e café e estava sentada de pernas cruzadas entre os longos bancos como uma iogue hindu, de frente para a refeição. À luz do lampião, as letras douradas das *Águas Curativas* brilhavam intensamente.

Eles passaram sob o toldo da cortina lateral.

Doris tirou o chapéu de palha, pingando, e disse: Olá!

Johanna olhou para o Capitão como a perguntar se ele também via aquela aparição feminina e então voltou o olhar para Doris sem dizer uma palavra.

Doris carregava um pequeno embrulho. Ela o abriu e o estendeu para a garota com um sorriso radiante. Era uma boneca com cabeça de porcelana e olhos escuros pintados. Ela tinha um vestido xadrez marrom e verde, um xale e sapatos pretos pintados nos pés de porcelana. Johanna estendeu a mão suja por baixo do cobertor e pegou a boneca pelos pés. Ela a segurou ao redor do corpo por um momento. Era como a figura sagrada da *taina*, retirada de seu invólucro apenas na Dança do Sol. Ela olhou intensamente os olhos da boneca. Em seguida, apoiou-a contra um dos bancos laterais, abriu as duas mãos em direção a ela e disse algo em Kiowa.

Hum, disse Simon. Ele estava parado sob a lona esticada e mexia no cabelo para se livrar da água. Deixara seu violino seguro em seu minúsculo quarto, em cima do fabricante de carroças. Ele usava um velho casaco de infantaria dos anos 1840 com gola alta e coberto de remendos, alguns sobrepostos aos outros. Minha nossa. Acredito que ela esteja se dirigindo à boneca. O violinista estendeu as mãos para o calor do fogãozinho, abrindo e fechando os dedos rígidos para soltar as juntas.

Doris encontrou os pratos de ferro na caixa de cozinha. Ela é como um elfo, disse. Como uma fada ou um ser encantado. Eles não são uma coisa nem outra. Ela colocou os pratos nos espaços que encontrou na porta traseira abaixada e sobre as caixas.

Simon olhava o amor de sua vida com uma expressão solene. Doris, disse ele, o seu lado irlandês aparece nos momentos mais estranhos.

Não encare a menina, disse Doris. Isso é o que ela é.

Ela acha que é algo religioso, Simon disse. O Capitão os escutava, curvado sobre a porta traseira vasculhando sua bolsa de viagem.

Sim, talvez, disse Doris. Ela colocou comida nos pratos e um utensílio para cada um; os dois garfos, a faca de acampamento, uma colher de servir. Depois, ergueu a cabeça para olhar a garota; tão sozinha, duas vezes capturada, levada pelo dilúvio do mundo. Os olhos de Doris ficaram marejados, e ela levou as costas da mão a eles. Mas acho que não. A boneca é como ela mesma, nem real nem falsa. Eu me faço entender, espero. Você pode vesti-la com qualquer roupa e ela continua tão estranha quanto antes, porque já passou por duas criações. Doris colocou um prato diante da garota. O cabelo de Doris era tão preto que chegava a ter mechas azuis, um preto raro e verdadeiro. Ela era uma mulher pequena, com braços fibrosos de músculos e de trabalho duro. Ela disse: Passar por nossa primeira criação é como virar a alma em direção à luz, para fora do mundo animal. Deus está conosco. Passar por outra é como rasgar toda a feitura da primeira criação, e às vezes ela se esfacela. Nós nos esfacelamos. Ela se pergunta: Onde está a base da minha criação?

O Capitão pegou o equipamento de barbear. Foi para o outro lado, pendurou o espelho na ponta de um prego e fez a barba. Ele disse: Srta. Dillon, como sabe disso?

An Gorta Mor, ela disse. Durante a grande fome, as crianças viram seus pais morrer e foram morar com as pessoas do outro lado. Foram em suas mentes. Quando voltaram, estavam inacabados. Estão sempre caindo. Ela sacudiu a saia molhada, erguida com alfinetes, e observou Johanna comendo pedaços de *bacon* com as mãos, descuidadamente.

Bem, não sei o que posso fazer a respeito. O Capitão deu a volta, guardou seu equipamento e sentou-se no barril de farinha. Curvou o corpo longo e envelhecido, com um leve rangido na espinha, e folheou os jornais. Ele tinha que ganhar a vida. Isso era interessante, mas primeiro precisava ouvir as moedas caindo na latinha; aí sim ele poderia ouvir mistérios sobre crianças inacabadas, arrastando suas dores e imperfeições.

E os jornais não falam nada sobre isso, nada sobre os pobres, disse Doris. Existem grandes lacunas em seus jornais. Ninguém os vê. Só Deus os vê.

O Capitão jantou, cruzou o garfo e a faca no prato e colocou o prato na porta traseira. Sim, tenho certeza que sim. De qualquer forma, ela precisa voltar para a família dela. É minha única preocupação daqui até Castroville.

Quem é a gente dela?

Alemães.

Ah! Doris bateu as mãos no rosto por um momento e depois as colocou no colo. Então são três línguas que a criança deve saber. Ela limpou as mãos no saco de farinha. Deixe-a conosco, Capitão. Nós ficamos com ela.

Simon parou de comer. Mordeu o lábio inferior e ergueu as sobrancelhas numa expressão de surpresa.

Doris disse: Ela é como minha irmãzinha que morreu.

Aham, Doris, minha querida, disse Simon. E nos casaremos no próximo mês já com uma filha?

Doris deu de ombros. O padre, disse ela, já viu de tudo.

O Capitão pensou: *A garota será um problema e confusão onde quer que vá, aonde quer que aterrisse. Ninguém a quer por ela mesma. Uma ruivinha destinada ao lavadouro.*

Srta. Dillon, é generoso da sua parte, mas preciso devolvê-la aos parentes, como disse que faria, e pelo que recebi uma moeda de cinquenta dólares em ouro.

O alívio de Simon era óbvio.

A menina encolheu-se, contra o encosto, e se escondeu sob grosso *jorongo*.

Sete

O Capitão Kidd vestira suas roupas de leitura numa sala ao fundo do Salão Maçônico. Era uma sobrecasaca preta decente, na altura dos joelhos, um colete combinando, uma camisa branca de seda e algodão estampada com um desenho de lira em seda da mesma cor – ou seja, um pouco amarelado. Ele usava um daqueles lenços modernos de seda preta e uma cartola baixa de seda. Enfiou as puídas roupas diárias na bolsa de viagem, saiu da sala e subiu no estrado. Colocou seu lampião à esquerda, em uma caixa de madeira (com os dizeres *Cerveja Kilmeyer 50 garrafas*), para que iluminasse seus jornais.

Cumprimentou o público e ouviu o tilintar das moedas de diferentes valores na lata; quando o valor era alto, as pessoas faziam seu próprio troco. Havia muita gente. A névoa ainda caía em diminutas gotas das nuvens que passavam pelo céu de Forte Espanhol. Ele abriu o *Diário de Notícias de Londres*. Leria alguns parágrafos de notícias difíceis e depois falaria de lugares oníricos, longes dali. Era sempre esse o arranjo de suas leituras. Funcionava. O feixe do lampião batia de lado em seu rosto, refletindo pontinhos de luz em suas bochechas através das lentes dos óculos de leitura. Ele leu um artigo sobre a Guerra Franco-Prussiana. Falava de franceses delicados, cheirando a água de colônia, levando uma surra de enormes alemães loiros, fortes e gordos de tanta salsicha, em Wissembourg. O resultado era previsível. A audiência hipnotizada, ouvindo em êxtase. Notícias frescas da França! Ninguém sabia nada sobre a Guerra Franco-Prussiana, mas estavam todos surpresos que as informações chegassem do Atlântico até aqui, no norte do Texas, nessa cidade às margens cheias do Rio Vermelho. Não tinham ideia de como haviam sido trazidas, através de quais terras estranhas teriam viajado, quem as carregara e por quê.

O Capitão Kidd leu com atenção e precisão. Seus óculos redondos tinham aros dourados sobre os olhos profundos. Ele sempre deixava seu pequeno relógio dourado de um lado do pódio para cronometrar a leitura. Ele aparentava sabedoria, experiência e autoridade, razão pela qual suas leituras eram populares e razão pela qual as moedas caíam na latinha. Ao saberem que ele estava ali, os homens abandonavam o salão, saíam de vários estabelecimentos sem nome, corriam sob a chuva, deixando suas casas aquecidas, largavam o gado às margens do Vermelho cheio, para vir escutar as notícias de um mundo longínquo.

E agora ele os levava para lugares distantes e povos estranhos. Por formas míticas de pensamento e pelas estruturas dos contos de fadas. Do *Journal* da Filadélfia ele leu sobre a busca de Troia, empreendida pelo Dr. Schliemann, em algum lugar da Turquia. Leu sobre os fios telegráficos levados com sucesso da Grã-Bretanha à Índia, num artigo no *Times* de Calcutá encaminhado ao *Daily Telegraph* de Londres, um avanço tecnológico que parecia quase sobrenatural. Ao erguer os olhos, o Capitão pensou ter visto o homem loiro novamente ou, pelo menos, o brilho de seu cabelo louro-acinzentado bem próximo à luz. A imagem entrou e saiu de sua mente enquanto ele lutava com as quatro grandes folhas do *Daily* de Boston. Para finalizar, ele leu sobre o infeliz *Hansa* esmagado no gelo em sua tentativa de chegar ao Polo Norte e sobre os sobreviventes resgatados por um baleeiro. Essa era a notícia mais popular até agora, como ele podia ver pelos pequenos gestos da plateia, que se inclinava para a frente, de olhos fixos nele, para ouvir sobre terras não descobertas no meio do gelo, bestas fabulosas, perigos vencidos, gentes das neves e seus casacos de pele.

Simon entrou pela porta dos fundos da Loja Maçônica no momento em que ele recolocava seus jornais na pasta.

Senhor, a garota se foi.

Não há notícia mais assustadora do que a de uma criança desaparecida. O Capitão enfiou tudo no portfólio, seus jornais e óculos, o lampião com seu pavio ainda fumegante e a lata de dinheiro; enfiou o chapéu de seda na cabeça; correu para a porta e saiu direto para a chuva.

Eles haviam adormecido, ele e Doris, sentados na caixa de tiro e no barril de farinha, encostados na grande roda traseira em frente à boa fogueira. Simon acordou com um sobressalto e ela já tinha partido.

Ela partira a pé. A boneca também tinha sumido.

É mais fácil rastrear uma pessoa descalça do que alguém com sapatos. Os dedos dos pés se cravam com quatro marcas distintas, e o dedão do pé, como um grande dígito fora de lugar. A luz do lampião de querosene achou suas pegadas na enlameada estrada de barro vermelho que saía de Forte Espanhol, para o leste em direção ao rio. O rio que parecia alegre em sua fuga das margens e bordas, transformado num violento mar interno. Eles podiam ouvi-lo a meia milha de distância. A chuva aumentou, relâmpagos caíram a noroeste, enquanto a frente da tempestade se movia sobre eles durante a noite. O lampião iluminava os bilhões de gotas que caíam em cores de aço e gelo. Ela seguira os sulcos das carroças na estrada que levava ao rio. A trilha serpenteava entre os carvalhos, árvores retorcidas cujos galhos e folhas secas pareciam assustadoras perucas. Logo, a trilha chegaria à beira da inundação.

O Capitão caminhava curvado sob a chuva. Suas juntas doíam. Ele precisava encontrar alguém mais jovem para levá-la ao sul e lidar com esse tipo de coisa. Alguém ágil, paciente e forte.

Ele e Simon, o violinista, seguiam em frente sem esmorecer.

Ela se foi e é minha culpa! Simon deu um tapa na própria coxa, esguichando água. Capitão, sinto muito!

Ele precisava gritar por causa do barulho da chuva. Agarrou a aba do chapéu e correu ao lado do Capitão.

Esqueça! O Capitão gritou de volta. Está feito!

Ele preferia ter Simon com ele a qualquer outra pessoa. Apesar da baixa estatura, o violinista era muito forte, um lutador temível e bom de tiro. Eles corriam pela chuva como por um matagal. Iam abrindo caminho. Tropeçavam nos tocos que haviam sido cortados para limpar o terreno e emaranhavam-se nas ervas-de-passarinho. Encontraram Paxá e Bela pastando. O Capitão tinha a ligeira impressão de emagrecer enquanto caminhava. Um homem de sua idade deveria ter alguns quilos a mais, deveria estar em um quarto de hotel em Forte Espanhol, depois de uma boa ceia, encostado no peitoril com a fumaça do tabaco saindo pelo nariz, olhando as luzes fracas nas janelas e contando seu dinheiro. A situação dele era injusta.

Pararam ao ver a água cintilante. À margem, sobre uma pedra vermelha, não mais do que trinta metros à frente, estava Johanna, molhada como um pano de prato, as saias pesadas de chuva. Ela agarrava a boneca contra o peito. Na luz dos relâmpagos, o Capitão pôde ver, do outro lado da inundação, um grupo de índios. Eles estavam de saída. O acampamento deles havia provavelmente sido inundado. O Vermelho ainda subia. Árvores de nogueira inteiras rolavam e batiam como rodas de moinho na correnteza. Os índios pararam para olhar, talvez para as luzes distantes de Forte Espanhol, e Johanna os chamava em Kiowa, mas eles não podiam ouvi-la. Era longe, e o rio estava muito barulhento.

Johanna!, o Capitão chamou. Johanna!

Ela largou a boneca no chão e chamou pelos índios com a boca entre as mãos. O que ela pensava que aconteceria? Que eles viriam atrás dela? Ela gritava por sua mãe, por seu pai e suas irmãs e irmãos, pela vida nas planícies, pelas viagens seguindo os búfalos, ela chamava por seu povo que seguia a água, que vivia com qualquer contingência, que era corajoso diante dos inimigos, que podia ficar sem comida, água, dinheiro, sapatos ou chapéus e não se importava por não terem colchões, cadeiras ou lamparinas. Eles olhavam fixamente através da água como criaturas do *sidhe*, molhadas e brilhando a cada clarão do céu. Seus cavalos carregavam os paus empilhados de suas barracas; crianças encharcadas, enroladas em suas peles de búfalo sobre as padiolas, olhavam para ela enquanto os homens à frente e ao lado mantinham suas armas embrulhadas no que quer que as mantivesse secas. Um deles gritou de volta por sobre a água. Os relâmpagos faziam com que aparecessem em cada detalhe como um entalhe, antes de desaparecerem e aparecerem mais uma vez.

Johanna chamou novamente. *Eu fui aprisionada, me resgatem, me levem de volta.* Ela daria as costas ao mundo moderno com seu telégrafo e suas ferrovias e suas elaboradas construções empilhadas em camadas. Deixaria tudo para trás, tudo. E viveria em constante movimento sobre a face da terra, grata ao sol e à grama, muitas vezes suja e nojenta e úmida e gelada como aquelas crianças do outro lado, mas não se importava.

Um dos guerreiros do outro lado desembainhou uma arma longa e a ergueu. O cano longo brilhou branco-azulado como um relâmpago. Ele mirou e atirou. Depois de um clarão do tamanho de uma escova de chaminé, a pesada bala atingiu uma pedra perto deles e fez voar pedaços de arenito vermelho. A voz dela chegara a eles como um pedaço opaco de som. Eles não a tinham ouvido; eles não sabiam quem ela era. O tiro foi um aviso: Fique longe.

O violinista e o Capitão caíram de cara no chão, as mãos estendidas na grama alta e marrom.

Foi um rifle Sharps!, gritou o violinista.

A menina gritou de novo; ela não se movera. Em seguida, ela se curvou para colocar a boneca contra a rocha, de frente para o Território Indígena.

Calibre .50, disse o Capitão. Se ele atirou uma vez, atirará novamente. Ele deu um pulo e agarrou a menina pelas costas do vestido, girou-a e correu. Ele a pegou por um dos braços, e o violinista, pelo outro, e assim a arrastaram de volta a seu destino. À carroça, ao mundo necessário do homem branco que também não parecia querê-la. Outra bala gigante rasgou o ar acima deles. Mesmo com o barulho da chuva, eles ouviram o som da bala, *nyow-ow-ow,* e viram quando ela atingiu um carvalho e arrancou um galho do tamanho de um cano de esgoto.

Na charrete das *Águas Curativas,* o Capitão ficou acordado até tarde na escuridão chuvosa, contando seu dinheiro e pensando no longo caminho para San Antonio e Castroville. A garota estava dormindo. Ele trocou lentamente de roupa. Todas as suas articulações doíam. Ele pensava em como ela não chorara nenhuma vez. Seu cachimbo e a dose de rum que Doris e Simon deixaram para ele serviam de conforto. Era do que ele precisava. Ele ponderava em silêncio a situação em que se encontrava. Devia estar maluco. Demência senil. Mas havia prometido. *É o que farei,* ele pensou. *Vou levá-la de volta para seus parentes nem que seja a última coisa que eu faça.* Ele leu o jornal de Boston, olhando sem pensar para anúncios de curas e de cabelos falsos.

Eles continuaram para o sul. Ele se esquecera de procurar um ferreiro para o aro da roda rachada, mas as rodas haviam inchado na chuva e pareciam seguras. As correntes tilintavam, os cascos dos cavalos levantavam pequenos jatos de lama, a paisagem montanhosa e florestal foi desaparecendo lentamente dos dois lados. Era um dia ameno, com uma névoa branca subindo das encostas úmidas. Ele teria que consertar a roda em Dallas e, seu dinheiro era curto. Depois de pagar o Salão Maçônico e comprar mais suprimentos e grãos para os cavalos, não sobrara muito.

Desde que haviam deixado a cidade, ela passara a se sentar ao lado dele e cantava para si mesma, com uma mão dançando no ar. Com a resiliência de uma criança de dez anos, ela aceitara que não poderia cruzar o Vermelho e se juntar ao seu povo. Agora cantava e fazia gestos de dança.

Pois bem, Johanna, disse ele. Estava mais calmo. Era hora de ser paciente. Tia? Tio? Você logo os verá.

Ela olhava fixamente para a frente, com o olhar vazio de quem dragava a própria mente, buscando arquivos antigos.

Ele tentou alemão. *Tante* Anna, disse ele. *Onkle* Vilhelm.

Ela se virou para ele. *Ja*, ela disse. Havia surpresa em sua voz. Ela agora parecia lutar com algo emaranhado em sua cabeça, um nó que não desatava.

Ela abriu as duas mãos manchadas sobre o colo e olhou para as palmas. Fechou os dedos. Ela realmente não via mais nada. Seu rosto não era mais o de uma criança, mas um rosto que passara por algo impossível de ser descrito ou compreendido e que ficara suspenso, em silêncio, por um momento. Suas mãos abriam e fechavam, abriam e fechavam.

E então ela falou. *Mama, Papa*. Ela ergueu a cabeça para ele. *Todt*, ela disse.

Eles passavam por uma floresta de carvalhos com o clique constante da roda de ferro quebrada, contando suas voltas; os arreios de Bela tilintavam. Sob a charrete, as cascas crocantes das nozes pipocavam em pequenos estouros.

O Capitão olhou para ela, para seus olhos inocentes e a dor que eles redescobriam. Memórias repentinas e terríveis. Ele mordeu o lado esquerdo do lábio inferior e lamentou ter trazido a lembrança. Colocou o cobertor mais próximo ao pescoço dela e sorriu.

Ele disse: Não se preocupe, minha querida. Vamos tentar uma aula de inglês. Ela assentiu seriamente com a cabeça, enquanto uma mão se abria e fechava sob o babado da manga.

Mão, disse ele. E ergueu a mão.

Mon, ela disse.

Cavalo. Ele apontou para Bela, à frente deles.

Caulo.

O Capitão não sabia nada da língua Kiowa, mas sabia que não tinham o R.

Parabéns!, ele disse em um tom alegre.

Paaben.

Mas sua voz estava baixa e desanimada. Ela deixara a *taina* para vigiar o Rio Vermelho por ela. Isso fora resolvido. Agora ela tinha que começar uma nova, longa e difícil estrada para outro lugar. Paaben.

Eles cruzaram o Riacho Clear e depois o Riacho Denton e dois dias depois chegaram finalmente à pequena cidade de Dallas, por volta das quatro horas de uma tarde fria. A garota parecia ainda mais quieta e assustada do que em Forte Espanhol, atordoada com o barulho e as carroças. Havia vários edifícios de dois andares de tijolo e pedra. Ela pulou para o fundo da charrete e se encostou contra o assento, entre o barril de farinha e a bolsa de viagem do Capitão. Eles chegaram à cidade pela estrada norte, passando por vários ferreiros cujos estabelecimentos pareciam grandes cavernas iluminadas por uma luz escarlate, cheias de homens e cavalos, fumaça de tabaco e o barulho de metal sendo forçado a manter juntas as coisas deste mundo, parafuso por parafuso. Johanna olhava para eles com profunda apreensão. O Capitão estava feliz em vê-los. Ele traria a carroça amanhã. Primeiro, é claro, ele teria que perguntar o preço de um novo aro para a roda e da mão de obra.

Continuando pela cidade, descendo a Trinity Street, viam-se vários homens brancos de roupas justas e mulheres com vestidos que pareciam construções arquitetônicas de tecido e armação. Johanna olhou com algum interesse para duas mulheres negras carregando cestos de compras de onde surgiam, assustadas, cabeças de galinhas. Finalmente, o Capitão entrou no estábulo de Gannet e desceu.

O cavalariço segurou a rédea de Bela e gritou: Ôooo! Como se a pequena e cansada égua estivesse prestes a fugir pelos fundos do estábulo.

Isso, agarre bem, disse o Capitão. Ela está prestes a se transformar numa besta selvagem.

Bela baixou a cabeça e rolou a língua por baixo do freio e, então, bocejou.

Nunca se sabe, disse o homem. Cavalo novo, imprevisível, nunca o vi antes. Ele deu um soluço.

Sim, disse o Capitão. Você só deve ver cavalos novos três ou quatro vezes por dia.

O homem desatrelou a égua e tirou os arreios de suas costas. O Capitão sentia o cheiro de álcool no hálito dele.

A Sra. Gannet saiu do depósito de ração carregando nas mãos três sacos estampados vazios. Seu boné estava pendurado atrás da cabeça, e as cordas pendiam sobre seus ombros. Ainda muito elegante, pensou o Capitão. Cintura de menina.

Capitão Kidd!, ela gritou. Sorrindo, parou com uma das mãos na lateral das *Águas Curativas* e viu os olhinhos da garota que brilhavam de dentro da lã vermelha. Ela se virou para o Capitão com um olhar curioso. Enquanto explicava, ele se apoiava na alta roda traseira, com um braço sobre ela, mais alto do que a Sra. Gannet por uma cabeça. Enquanto contava sua história, ele se perguntava como ela conseguia cuidar do estábulo sozinha. Ele estava exausto e todo sujo de lama do Rio Vermelho e tinha que sair para comprar jornais assim mesmo. Não havia outro jeito.

San Antonio!, disse a Sra. Gannet. Deus o ajude. É muito longe, Capitão. E o senhor estará sozinho nas estradas. Há notícias de mais ataques por todo o país. Ela se virou para o funcionário para ver o que ele estava fazendo. O Capitão sabia que ela ficara viúva por causa de um desses ataques. Um ano atrás, eles encontraram o Sr. Gannet nu e em vários pedaços ao longo da estrada Weatherford. Ela disse: Vai esperar por um comboio, não?

Sim, sim, ele disse. Veremos. Tudo ficará bem. Ele viu a expressão de dúvida dela. Estou armado, disse ele. Uma arma e uma espingarda. E agora preciso encontrar os jornais mais recentes e um hotel. Posso deixá-la com você por algumas horas? Eu não acho que ela vá fugir e sair correndo por Dallas. Em Forte Espanhol havia um lugar para ir. O rio. Aqui, ela está dentro do território inimigo, por assim dizer. Ele passou a mão com veias azuladas sobre o prateado de uma barbicha de dois dias. Estou um traste, Sra. Gannet.

Ela riu e disse ao Capitão que fosse tratar de seus negócios, que ela cuidaria da garota. Se ele quisesse se trocar no depósito, ela mandaria suas roupas de viagem para a Sra. Carnahan e também perguntaria se ela não tinha um vestido de segunda mão que coubesse na menina e talvez outras peças de roupa necessárias. A garota precisava de uma muda de roupa. Ele pegou seu portfólio e olhou para ela. Viúva, não mais do que quarenta e cinco. Dolorosamente jovem. Ela tinha olhos cor de avelã e um bom sorriso.

Fico muito grato, disse o Capitão. Ele ergueu o chapéu para ela e o recolocou na cabeça. Acerto tudo quando partirmos amanhã.

Ele se virou para Johanna e ficou surpreso quando a mãozinha dela apareceu do *jorongo* e pegou a dele. Ela estava muito assustada e talvez pensasse que seria entregue a outro estranho. Ele sorriu e colocou a mão na testa dela, brevemente, em vez de acariciar sua bochecha, que estava escondida atrás da lã vermelha.

Está tudo bem, disse ele. Está tudo bem.

Ele tirou seu relógio, mas o colocou de volta rapidamente. Johanna não tinha ideia do tempo. Era inútil dizer a ela que ele estaria de volta em uma hora. Então ele apenas disse: Sente-se. Fique.

Oito

O Capitão se trocou, deixou suas roupas de viagem com a Sra. Gannet e voltou para a rua com a pasta de jornais debaixo do braço. Alugou dois quartos em um hotel na Rua Stemmons Ferry; um prédio que parecia um balão, com paredes finas e cortinas feitas com floridos sacos de grãos, mas ele ainda não tinha certeza de quanto dinheiro ganharia com a leitura. O banho custava cinquenta centavos, um preço exorbitante, mas ele pagou, sentou-se por quinze minutos na água quente e depois fez a barba.

Ele encontrou o proprietário do Teatro Broadway sentado no Saloon Bluebonnet tomando um drinque e contratou o pequeno teatro para a noite. Ele botou o acordo em papel e pediu ao homem que assinasse, caso ficasse bêbado demais e esquecesse.

Ele desceu a Trinity até a loja de Tipografia e Notícias de Thurber, onde recebeu as boas-vindas do agradável cheiro de tinta e do barulho da prensa, vindo do fundo da loja. Era uma prensa Chandler e Price manual, de onde saíam lentamente página após página de avisos ou publicidade. Em torno havia barras de caracteres, equipamento de encadernação, máquina de perfuração. Uma placa na parede dizia:

ESTE É UM ESCRITÓRIO DE IMPRESSÃO
Encontros de civilização
Refúgio de todas as artes contra os estragos do tempo
ARSENAL Da Verdade destemida contra os rumores falsos
INCESSANTE TROMBETA DO COMÉRCIO
Deste lugar as palavras voam longe
Sem perecer nas ondas do som
Sem variar com as mãos que as escrevem
Mas fixas no tempo, tendo sido verificadas em prova
Amigo, você está em solo sagrado
Esta é uma loja tipográfica
É UM ESCRITÓRIO DE IMPRESSÃO

O Capitão respirou fundo para conter o súbito golpe de inveja e conseguiu controlar-se. Thurber o cumprimentou e perguntou sobre sua saúde, suas leituras, suas viagens e a ameaça indígena no norte. Ele não achava oneroso viajar? O Capitão encarou Thurber com seus olhos escuros e disse que não, ele não achava, e assegurou-lhe que ele, Jefferson Kyle Kidd, ainda não precisava de uma cadeira de rodas ou de uma cama de inválido e, quando o precisasse, ele notificaria Thurber com um cartão-postal. Obrigado, senhor, por sua preocupação.

O Capitão deu uma volta pela gráfica e olhou para as mesas de paginação e caixas de tipos. Thurber cruzou as mãos atrás das costas e revirou os olhos para os seus dois malditos impressores. O Capitão comprou uma folha de papel de carta e um envelope, e as últimas edições do *Inquirer* da Filadélfia e do *Tribune* de Chicago, do *Times* de Londres, do *Herald* de Nova Iorque e do *El Clarion*, um jornal da Cidade do México. Sentado na paz de um quarto do hotel, sob um teto adequado, ele encontrou artigos de interesse nos jornais em inglês e depois traduziu alguns artigos do *El Clarion*.

Em seguida, desceu pela Trinity até os escritórios do *Weekly Courier* de Dallas, revigorado depois das farpas trocadas com Thurber, para sentar-se com a operadora de Morse e receber notícias pelo telegrama da Associated Press. A taxa era razoável. O fio do Arkansas e pontos a leste ainda estavam operando. Os Comanches e os Kiowas haviam aprendido a cortar o fio e a atá-los com crina de cavalo para que não transmitissem, mas de modo a que ninguém conseguisse descobrir onde haviam sido cortados. Eles sabiam muito bem que as ordens do Exército chegavam pelos fios do telégrafo.

Ele tirou o maço grosso de avisos impressos e panfletos de seu portfólio e, lá mesmo nos escritórios do *Courier*, escreveu na última linha.

> AS ÚLTIMAS NOTÍCIAS E ARTIGOS
> DOS PRINCIPAIS DIÁRIOS DO MUNDO CIVILIZADO,
> O CAPITÃO JEFFERSON KYLE KIDD
> LERÁ UM COMPÊNDIO
> DE JORNAIS SELECIONADOS ÀS 20:00
> NO TEATRO DA BROADWAY

E foi andar pelas ruas de Dallas pregando seus avisos. Essas pequenas cidades no norte do Texas estavam sempre famintas por notícias e por alguém que as lesse. Era muito mais divertido do que ficar sentado em casa lendo os jornais, tendo apenas a si mesmo ou seu cônjuge para dividir murmúrios de indignação ou espanto. E, é claro, havia aqueles que não sabiam ler ou que o faziam com dificuldade.

A caminhada e a colocação dos cartazes não eram suficientes para fazê-lo esquecer as preocupações. Preocupava-se com a longa jornada que tinha pela frente, com sua capacidade de proteger a menina. Pensou, ressentido, *eu já criei minhas meninas. Já passei por isso.* Tendo chegado a uma idade que o deixava com pouca expectativa de vida, ele começara a olhar para o mundo humano com a indiferença de um condenado. *Quem se importa com suas modas, suas guerras e suas causas? Em breve terei partido e já vi muitas modas que vêm e vão e muitas causas defendidas apaixonadamente e em seguida esquecidas.* Mas agora era diferente, e ele precisava se envolver mais uma vez, porque tinha uma vida em suas mãos. As coisas ganhavam importância mais uma vez. A estranha depressão e o gelo espiritual que ele sentia em Wichita Falls desapareciam. Mas ele ainda resistia. Ele era um velho. Um velho mal-humorado. *Já criei duas delas.* Uma voz divina disse: *Bem, então faça-o de novo.* O Capitão sabia que se tratava de sua própria voz interior, que sempre soou como a de seu pai, o magistrado, que costumava lembrar ao filho as leis da Coroa, na Carolina do Norte colonial, com sua voz curiosa e gentil e ligeiramente adoçada pela bebida.

O vento fresco da primavera passava de telhado em telhado e mergulhava nas ruas e levantava as barras das saias das mulheres, como ondas. O Capitão podia ver a própria respiração. Ele apertou o cachecol esfarrapado em volta da garganta e enfiou o bom chapéu preto sobre o cabelo branco. O clima do Texas era mutável como a lua. Comprou churrasco, pão e um prato de abóbora, encharcada e de má aparência, e carregou tudo empilhado num balde de lata de volta para o estábulo.

Kap-tan! Ele ouviu a voz dela, um grito de felicidade.

Sim, Johanna, ele disse.

A Sra. Gannet olhou por cima de uma baia com seus brilhantes olhos castanhos e o sorriso largo. Ele podia ver apenas o topo da cabeça de Johanna. A Sra. Gannet disse a ele que estava tudo bem, que a garota se distraíra com os cavalos e que estava aprendendo os nomes de todos. O Capitão ficou aliviado. Suas calças de viagem recém-lavadas e duas camisas velhas tinham sido penduradas para secar no painel da carroça, e suas meias e roupas de baixo secavam discretamente, ainda quentes da tina, nos tirantes de baixo. As novas roupas de segunda mão da garota haviam sido embaladas na caixa de munição.

Ele abriu o balde com o jantar na porta traseira abaixada. A Sra. Gannet voltou para seu escritório. O Capitão a observou partir. Uma mecha de seu cabelo castanho escuro tinha caído para fora do gorro, e sua saia se movia muito bem sem aros. Ele então se virou para Johanna.

Jantar, disse ele, com cuidado.

Jantá! A menina sorriu e mostrou toda a fileira de dentes inferiores e juntou as saias para subir pelos raios de uma roda e entrar na charrete.

Ele e Johanna sentaram-se nos assentos laterais, e ele observou enquanto ela pegava a faca de acampamento para cortar um grande pedaço da carne grelhada fumegante, jogando-o de uma mão para outra e gritando Ah! Ah! até que esfriasse e ela pudesse, habilmente, jogá-lo para dentro da boca. O molho da carne voou para todos os lados. O Capitão parou com o garfo a meio caminho da boca e a observou. Ela cortou mais um pedaço e começou a jogá-lo da mesma maneira; seus dedos estavam escorregadios de gordura, e o molho vermelho do churrasco corria até os pulsos.

Pare.

Ele largou o garfo, enxugou as mãos dela com os guardanapos que tinham vindo com o jantar e colocou o garfo nas mãos dela. Ele agarrou seus pequenos dedos, com garfo e tudo, em sua mão ossuda, e fincou os dentes do garfo na carne e, em seguida, levou o pedaço à boca da menina.

Ela o olhou com aquele olhar vazio e vítreo que, como ele já aprendera, significava que ela não entendia nem gostava do que estava acontecendo. Ela pegou o garfo como se pegasse um furador de gelo e o enfiou na comida. Conseguiu arrancar um pedaço e o meteu na boca.

Não, minha querida, ele disse. Colocou a mão sobre a dela, mais uma vez posicionou o garfo corretamente e mais uma vez o levou à boca da menina. Então sentou-se do seu lado da charrete e observou enquanto ela lutava com o garfo, a faca, a estupidez disso tudo, as razões desconhecidas pelas quais os seres humanos comiam dessa maneira, razões incompreensíveis, inexplicáveis, para as quais não tinham língua em comum. Ela tentou novamente, e então se virou e jogou o garfo em uma baia.

Os ombros do Capitão caíram sob seu casaco formal preto. Por um instante foi tomado pela pena. Arrancada de seus pais, adotada por uma cultura estranha, ganhando novos pais e então vendida em troca de alguns cobertores e talheres velhos, e passada de um estranho a outro, apertada em roupas bizarras, cercada por pessoas de língua e cultura desconhecidas, com apenas dez anos, e agora não permitiam nem que comesse sua comida sem ter que usar instrumentos estranhos.

Por fim, ele pegou a sacola com uma das mãos, enfiou a pasta debaixo do braço e acenou para Johanna. Ele viu que ela olhava para suas mãos manchadas e que havia lágrimas em seu rosto.

Vamos tentar colocar você em um quarto de hotel, disse ele com voz firme. E você vai ter que ficar lá sem quebrar as janelas enquanto preparo minha leitura. Ele pegou a mãozinha gordurosa dela e começaram a descer a rua.

Nove

O Capitão saiu e trancou a porta do quarto do hotel. Ficou parado no corredor. Ele podia ouvi-la começar um canto Kiowa. Isso podia significar qualquer coisa. Podia significar que ela estava resignada, podia significar que ela iria se enforcar com as cordas da cortina, ou colocar fogo no lugar, ou que iria dormir.

Pelo menos ela não tinha uma arma.

Na portaria, ele largou a chave e disse: Ela era uma cativa Kiowa. Estou levando-a de volta.

Mas Capitão! É de se imaginar que ela estivesse feliz! O rapaz da portaria tinha olhos saltados e segurava nas mãos um bigode falso que modelava com uma tesoura de unha. É de se imaginar que estivesse pulando e batendo palmas! Mas parece que está prestes a se esfaquear! É operístico!

Eu sei, disse o Capitão.

Para onde ela vai?

Perto de San Antonio.

Quer dizer que vai ter que tolerar isso até San Antonio? Insuportável!

Meu jovem, pare de falar com exclamações. Não serve para nada.

O recepcionista respirou fundo, longa e cuidadosamente, com os olhos fechados. Era comum que desempenhasse pequenos papéis no teatro, geralmente um pajem ou um mensageiro. Ele disse: Peça à Sra. Gannet que fique com ela. Não podemos ouvir isso a noite toda.

O Capitão notou que a Sra. Gannet tinha os cabelos castanhos trançados com cuidado em torno da cabeça. Ela havia retirado o boné e o batia contra o corrimão da baia para tirar a poeira. Ela instruía o cavalariço sobre um método de remover parafusos de um freio.

Sim, senhora!, ele disse, e se virou e cruzou uma perna sobre a outra e caiu. Opa, nossa senhora do inferno, disse ele. Pernas, chão, susto. Ele arrastava as palavras.

Peter, ela disse. Você está praguejando. Levante-se.

Trecos!, ele disse. Embaixo do feno. Fazem a gente tropeçar.

Pois bem, pegue-os, disse ela, gentilmente. Sim, Capitão? Ela tentou sorrir.

O Capitão manteve as mãos cruzadas à sua frente, de maneira formal, enquanto a convidava para passar a noite com Johanna, sem mencionar, é claro, o outro motivo, que seria delicioso, sim, encantador pensar nela dormindo no quarto ao lado do dele. Ele ofereceu a ela um dólar para compensar.

Capitão, *por favor*, ela disse. Fico feliz em ajudar.

Aquela noite seria a primeira vez em uma semana que ele poderia, assim esperava, descansar sem preocupações, sem tensão e medo. Medo de que a menina fugisse e se perdesse e morresse de fome, tentasse nadar o Vermelho e voltar para sua família Kiowa. Nos primeiros dois dias, ele chegara a se perguntar se ela poderia tentar matá-lo. Ou a ela mesma.

A Sra. Gannet veio preparada para passar a noite inteira, com camisola e outros artigos em uma pequena bolsa com fecho de bronze que parecia um alforje de tecido verde. Ele abriu a porta da sala onde Johanna estava sentada no chão, de pernas cruzadas, balançando-se. A Sra. Gannet tirou uma balinha leve e delicada do bolso da jaqueta e estendeu-a. Johanna fixou nela seu olhar vazio. O Capitão a viu fazer o sinal de "veneno".

Ele disse: Coma a metade, Sra. Gannet.

Ela entendeu imediatamente e mordeu metade do doce branco e disse: Hummmm!

Johanna estendeu a mão e pegou a outra metade em um movimento lento. Provou a baunilha, o açúcar e a clara de ovo, sentindo a casquinha da bala derreter em sua boca. Comeu sem sorrir. O Capitão sabia que a Sra. Gannet tinha feito a bala naquela tarde, para Johanna. Aquela balinha de clara era muito difícil de fazer. Ele foi saindo lentamente e ouviu o clique da fechadura.

As paredes do hotel eram feitas de tábuas baratas e, a contragosto, podia ouvir tudo do quarto ao lado. Sentou-se para marcar com tinta os artigos que leria, a ponta da caneta arranhando o áspero papel de jornal com um ruído desagradável. Ele soprou a tinta, pôs os jornais de lado e pegou o papel de carta para escrever às filhas na Geórgia. A sala cheirava a madeira nova e ao sabão forte que tinham usado para lavar as colchas e os lençóis.

Minhas queridas filhas Olympia e Elizabeth, escreveu ele.

Kap-tan! Johanna bateu na parede. Ela estava aos prantos. Ele bateu de volta. Cho-henna, disse ele.

Minhas saudações e amor constante a Emory e meus netos. Estou bem e continuo a fazer minhas rondas com as notícias do dia e, como sempre, sou bem recebido nas cidades cada vez mais numerosas agora, à medida que o século envelhece e a população aumenta, de modo que grandes multidões vêm ouvir reportagens sobre lugares distantes e próximos. Estou em boa saúde, como sempre, e espero que Emory esteja usando bem sua mão esquerda agora e espero ver um exemplo de sua caligrafia. É verdade o que Elizabeth diz sobre o emprego de um homem com um braço só, mas isso diz respeito apenas ao trabalho manual e, de qualquer forma, deve haver alguma consideração por um homem que perdeu um membro na guerra. Assim que ele estiver apto com a esquerda, tenho certeza de que considerará a Tipografia, a Contabilidade, etc., etc. Olympia é, tenho certeza, um porto seguro para todos vocês.

O marido de Olympia, Mason, morrera em Adairsville, durante a retirada de Johnston para Atlanta. O homem era tão grande que nem parecia humano. Ele fora baleado na torre da mansão Bardsley e, ao cair três andares e atingir o chão, criou um buraco grande o suficiente para enterrar um porco. A filha mais nova do Capitão, Olympia, era na realidade uma mulher com ares de fragilidade e refinamento e nunca tinha sido capaz de puxar um nabo do jardim sem chorar pelo pobre vegetalzinho. Ela fazia questão de demonstrar, incessantemente, o quão sensível era. Mason era um contraponto perfeito, até ser morto pelos Yankees.

Olympia morava agora com Elizabeth e Emory, no que sobrara de sua fazenda em New Hope Church, na Geórgia, e era provavelmente um peso para eles. Ele colocou uma das mãos na testa. *Minha filha mais nova é, na verdade, uma chata.*

De repente, uma batida na parede: Kap-tan! Kap-tan!

Ele se levantou e bateu de volta. Cho-henna!, ele disse. Vá dormir!

O Capitão ouviu uma voz suave do outro lado da parede, do jeito que se falava com cavalos inquietos: firme, voz baixa. Comandos de alguma forma gentis. Ele tinha ouvido a Sra. Gannet e a garota descendo o corredor até o banheiro. Um pequeno grito de medo quando a descarga do vaso sanitário foi puxada. Ouvia-se tudo neste hotel. Se pudesse, ele teria gasto mais dinheiro e alugado quartos em um dos grandes hotéis de pedra, onde a privacidade era garantida.

> *... seus maridos, tendo pertencido aos antigos regimentos do Estado da Geórgia, foram fiéis a seus camaradas e, portanto, foi o destino e a Vontade do Todo-Poderoso que levou todos vocês de volta à Geórgia para lutar na guerra e, assim, na batalha de Burning, mas, considerando o que aconteceu com outras famílias, agradecemos por nossos entes queridos que ainda estão entre nós. Sei que viajar é extremamente difícil no momento, mas, quando vocês estiverem aqui, as coisas serão melhores.*

Ele parou, voltou e riscou tudo a partir de "e, assim," até "Burning", levantando em seguida o papel contra a luz e certificando-se de que era ilegível. Melhor assim. Sem memórias terríveis ou lembranças que induziriam o choro.

> *As recentes câmaras do Senado e dos Representantes do Estado do Texas aprovaram uma lei que proíbe a população de porte de arma, isto é, revólver, mas atualmente...*

Ele começou a escrever sobre os ataques dos Comanches e Kiowas ao longo do Rio Vermelho, mas viu que mais uma vez suas notícias tornavam-se alarmantes, assustadoras, e ele queria que suas filhas e Emory e as crianças voltassem para o Texas. Eles tinham sofrido o suficiente. A jornada para o Texas seria difícil, pois quase todas as pontes no sul haviam sido explodidas ou queimadas durante a guerra, e as ferrovias e os trens, despedaçados. Não havia dinheiro público para reconstruir. Não foi apenas Sherman. Foi o general Forrest quem explodiu a maior parte das ferrovias entre o Tennessee e o Mississippi para evitar que os ianques as usassem. De qualquer forma, estava tudo em frangalhos. Alimentos e roupas ainda eram escassos. Eles teriam que se candidatar a passes do Exército da União para viajar pelas estradas esburacadas, provavelmente em duas carroças com apenas um homem sem um braço para duas mulheres e duas crianças. Eles teriam que cruzar o Mississippi em Vicksburg, se houvesse uma balsa. Eles teriam que carregar dinheiro para comprar comida e forragem, ainda que as estradas fervilhassem de salteadores.

mas no momento estamos bem sem revólveres e não há constrição judicial contra rifles, e assim, de vez em quando, eu desfruto de uma ceia de codorna e pato. Os pássaros estão voltando e pousando ao longo do Vermelho. Agora, meus queridos, chega de fofoca, devo passar à parte importante de minhas relações com vocês, que é a certeza de que todos vocês estariam bem aqui no Texas, em vez de nos Estados Arruinados e Devastados do Leste e, por favor, considerem a terra devida à sua falecida mãe. Se vocês retornassem, eu ficaria feliz mais uma vez na companhia das minhas filhas e genro e dos meus netos, e, como Elizabeth sempre foi apaixonada pelo Direito, ela poderia iniciar a Descoberta legal e depois passá-la para um advogado especialista em litígios de ativos fixos.

Sim, eu sei que a terra espanhola há muito é uma quimera em nossa família, mas na verdade ela existe e requer muita pesquisa. Se vocês começarem o processo escrevendo para o Sr. Amistad De Lara, Comissário de Território e arquivista dos Registros Históricos Coloniais Espanhóis, Tribunal do Condado de Bexar, certifiquem-se de escrever o nome de solteira de sua mãe corretamente, Srta. Maria Luisa Betancort y Real, e a terra herdada é una liga y un labor, *o que significa, e espero que vocês se lembrem do espanhol de vocês, tanto pastagens quanto terras de horta, que foram legalmente separadas da Missão Concepción, ou seja, Nuestra Señora de la Purísima Concepción de Acuña (soletrem corretamente e lembrem-se dos acentos), porque o Sr. De Lara é rigoroso. Ainda temos a casa de* dueña *em San Antonio, que tem sido continuamente ocupada por descendentes dos Betancorts, que estão lá agora, envelhecidos como múmias e reclamando porque não conseguem pão branco e precisam sobreviver com tortilhas.*

O avô de sua mãe, Henri Hipolito Betancort y Goraz, comprou a liga *e o* labor *da missão, mas as leis da Coroa espanhola determinavam que todos os títulos fossem registrados na Cidade do México, uma viagem de pelo menos dois meses, então nunca foi registrado lá, e, assim, é claro que há problemas com o título. Sem falar no fato de que, depois de 1821, os cartórios de registro de imóveis na Cidade do México passaram a ser subordinados à República do México, notoriamente corrupta, e, pelo que ouvi, são extremamente descuidados com seus sistemas de arquivamento. Portanto, um título duvidoso para essas terras aqui veio da República do Texas e depois dos Estados Unidos e depois da Confederação e agora dos Estados Unidos novamente. Há pilhas de papéis mofados nos escritórios do Sr. De Lara. Você vai adorar, Elizabeth. Você nasceu para ser uma funcionária coberta de tinta, minha querida.*

Acredito que o labor *seja no Rio San Antonio, cinco milhas ao sul de Concepción, e a* liga *fica nos altos de Balcones, totalizando mais ou menos trezentos acres ingleses. A família Valenzuela estava lá cuidando de ovelhas e cabras, mas a última notícia que tive é que eles haviam abandonado a área.*

Kap-tan!

Ele ouviu um soluço baixo. Abaixou a cabeça sobre o papel. Ele achava que os índios nunca choravam. Isso cortava seu coração e o impedia de pensar nessas questões legais sobre terras.

Fechou os olhos, largou a caneta e tentou se acalmar. Tanta coisa cabia aos velhos, já que setecentos mil jovens sulistas foram vítimas da guerra. Em uma população de alguns milhões. Ele tinha que reunir sua família novamente, entrar em litígio, ganhar a vida com suas leituras, entregar esta criança à sua gente, parentes que sem dúvida ficarão horrorizados com o que ela se tornou. Por um momento, ele não conseguiu entender por que concordou em levá-la para Castroville.

Por Britt. Um negro liberto. Foi por isso.

No quarto ao lado, algo quebrou. Ouviu mais uma vez a entonação calma da imperturbável Sra. Gannet.

Não adianta tentar escrever mais.

Seu pai afetuoso, Jefferson Kyle Kidd.

Ouviu as reclamações ruidosas em Kiowa enquanto a garota era arrastada pelo corredor para a casa de banho. Impossível pensar enquanto uma alemã-Kiowa – uma alemã-Kiowa de dez anos – joga sabão e peças de cerâmica para todo lado. Instantes depois, elas voltaram e se ouviram mais soluços. Então a Sra. Gannet começou a cantar.

Ele abaixou a cabeça e prestou atenção. Ela tinha uma boa voz, um soprano claro e leve. Ela cantou "Jesus, mantenha-me perto da cruz" e, em seguida, "Minha alma está bem". Ele pegou lentamente o papel da carta e começou a dobrá-lo. *Quando a paz como um rio acompanha meu caminho...* muito bom. Aos setenta e um anos, ele bem que merecia a paz como um rio, mas tudo levava a crer que não a conseguiria no momento. Lá fora, a cidade de Dallas erguia seus novos prédios de madeira bruta, e o ar misturava ruídos de rodas batendo e gritos dos homens no desembarque da balsa. O que a menina deve pensar desses penhascos artificiais e desses caminhos duros e retos? Os soluços diminuíram. A Sra. Gannet cantou "Negra é a Cor". Não é uma música fácil de cantar desacompanhada. Uma velha canção folclórica em modo dórico. A garota ouvia. Era muito mais próximo do jeito indígena de cantar. As viradas inesperadas e os estranhos intervalos celtas. Ele se perguntou por que não oferecera suas atenções à Sra. Gannet no ano passado, mas logo lembrou o porquê.

Porque suas filhas achavam que ele deveria permanecer para sempre fiel à memória da mãe e, se descobrissem, Olympia e Elizabeth teriam tido um chilique, uma de cada vez.

Por fim, tudo ficou quieto do outro lado da parede de madeira fina. Ele desligou o lampião de querosene. Quase oito. Hora do show.

Dez

Uma onda baixa de nuvens brancas e brilhantes indicava que mais chuva estava a caminho. Havia boas poltronas no teatro. Isso significava que as pessoas ficariam mais confortáveis e, portanto, seriam pacientes e ouviriam por mais tempo. O Capitão trouxera seu próprio lampião, como sempre. Ele o colocou sobre um suporte de planta à sua esquerda, oposto ao dos leitores destros, e direcionou a luz para as folhas densamente impressas em cinza. Largou seu pequeno relógio dourado no topo do pódio. Nas portas duplas da entrada, estavam posicionados dois homens do Exército dos EUA, como sempre acontecia em uma reunião pública, a qualquer hora. O Texas ainda estava sob regime militar.

É possível que acabasse em alguns meses, se Washington aceitasse a delegação do Texas. A recente eleição para governador do Texas não opusera velhos democratas do sul a republicanos leais à União. De jeito nenhum. O velho partido democrata do sul fechara as portas no Texas. A luta fora entre duas facções dos republicanos. Aquela liderada por Davis era extrema em sua demanda por poderes ditatoriais. Aquela liderada por Hamilton, nem tanto. Ambos roubavam o estado sem dó.

Não adiantaria apelar a um deputado federal para que ajudasse a esclarecer os títulos de propriedade do estado. Eles estavam ocupados demais, forrando os bolsos. Regularizar o título de propriedade dos Betancorts ocuparia o tempo de Elizabeth durante anos. Ela iria adorar.

O público era bom, e ele podia ouvir o tilintar das moedas em sua latinha, na entrada da sala. Saudou o público como sempre, com uma declaração de agradecimento ao proprietário do teatro, um comentário sobre o estado das estradas de Wichita Falls a Forte Espanhol e depois até aqui. Em seguida, abriu o *Times* de Londres. Era assim que ele guiava as pessoas para outra realidade. Para lugares distantes e misteriosos, trazidos a eles com detalhes que eles não entendiam, mas que os fascinavam.

Ele leu sobre a tentativa do governo colonial britânico de enumerar os povos sob seu domínio, um censo, em suma, e a rebelião das tribos hindus contra os recenseadores porque as mulheres casadas não tinham permissão para dizer em voz alta o nome de seus maridos. (Cabeças sacudiam; *difícil encontrar pensamentos racionais nesses países distantes.*) Ele leu sobre uma grande tempestade de vento em Londres que derrubou chaminés (*O que é uma chaminé?* Ele podia ver em seus rostos.) E depois sobre as novas processadoras de carne em Chicago, que levariam qualquer quantidade de gado que conseguissem comprar. Havia na plateia homens que queriam conduzir o gado até o estado do Missouri, se conseguissem fugir das tribos selvagens, e ouviam com profundo interesse. O Capitão leu sobre os irlandeses que invadiam a cidade de Nova Iorque, multidões desordenadas descarregadas do navio de passageiros *Aurora*, sobre a ferrovia que se dirigia às planícies do novo estado de Nebraska, sobre outra erupção do Popocatépetl, perto da Cidade do México. Sobre qualquer coisa, menos sobre a política do Texas.

Alguém perguntou: Por que você não lê o jornal estadual do governador Davis?

O Capitão dobrou seus jornais. Disse: O senhor sabe por quê. Inclinou-se sobre o pódio. Seu cabelo branco brilhava, seus óculos de aro dourado cintilavam à luz do lampião. Ele tentava manter a imagem de sabedoria e razão. A qualquer instante poderia eclodir uma briga de socos aqui dentro, talvez tiroteio. Os homens perderam a capacidade de discutir qualquer evento político no Texas de maneira razoável. Não há debate, apenas força. É só ver os soldados na porta.

Ele colocou seus jornais no portfólio. Disse: Recolho notícias de lugares distantes e, quanto ao jornal de Austin e ao *Herald,* podem lê-los por conta própria. O Capitão fechou a aba e a fivela de sua pasta com força. E lutem entre vocês quando quiserem, mas não durante a minha leitura.

Ele ouviu *isso, isso!* vindo da direção das cabeças ainda molhadas dos homens que seguravam seus chapéus nas mãos e de algumas mulheres que usavam gorros ou os chapéus "panqueca" em voga na época.

Apagou o lampião, pegou-o junto com o portfólio e desceu do palco. Em meio à multidão que se movimentava, ele viu, com uma sensação de apreensão, o homem de cabelos claros e os dois Caddos que vira pela última vez em Wichita Falls e, talvez, em Forte Espanhol. Ele sabia que os índios eram Caddos por causa de seus cabelos cortados retos, bem na altura do queixo, e suas camisas azul-escuras com uma estampa minúscula de flores amarelas. Os Caddos gostavam de chita estampada. O homem loiro estava sentado tranquilamente numa cadeira do teatro, com o tornozelo sobre a outra perna e o chapéu na ponta do joelho. Ele observava o Capitão.

Quando o Capitão desceu do palco, as pessoas puseram-se de pé; alguns o seguiram. Ele apertou as mãos que lhe foram estendidas e aceitou agradecimentos e elogios. Todos cheiravam a lã molhada e cânfora, e uma pequena mulher, aparentemente gripada, disse: Obrigada, Capitão. Apertar a mão dela e ver suas bochechas rosadas deu-lhe um momento de prazer. Talvez ele tenha afastado seus problemas e suas preocupações – o que chamava de "pensamentos difíceis" – por um curto período. Aproximou-se dele um homem de aparência séria e com um distintivo de prata em forma de trevo na lapela, do Segundo Corpo de Artilharia de Hancock, da União. O Capitão apertou sua mão com firmeza. Não importa de que lado você estava, se você sobreviveu a Gettysburg, merece parabéns. Talvez ele tivesse brevemente guiado a mente do homem pelas terras da imaginação – lugares distantes, claras montanhas de gelo, chaminés despencadas, vulcões tropicais.

O gerente do teatro veio até ele com o que lhe tocava do dinheiro. Ele ganhara quase vinte dólares em boa prata americana. Enfiou o saco de moedas no bolso do casaco. Um homem apagava as velas dos lustres com um apagador de cabo comprido. Dentro do teatro da Broadway ficava cada vez mais escuro.

Capitão, disse o homem loiro, levantando-se. Meu nome é Almay.

E estes são seus amigos, disse o Capitão Kidd.

Sim, são. O homem loiro colocou o chapéu.

Você me segue desde Wichita Falls. Acho que o vi em Forte Espanhol.

Tenho negócios aqui e ali, disse Almay. Quanto o senhor quer pela garota?

O Capitão Kidd parou de supetão. Por um momento, um longo momento, ficou sem expressão e totalmente imóvel. *Eu estava errado. Alguém a quer.* Colocou o próprio chapéu, cuidadosamente, sobre os cabelos brancos. Olhou para Almay, vários centímetros mais baixo. Piscou uma vez, lentamente, enquanto abotoava seu sobretudo preto. Notou que os dois Caddos estavam bem atrás dele.

Almay disse: O senhor sabe que o Exército não patrulha as estradas aqui como fazem no Vermelho. Eu poderia pará-lo na estrada e simplesmente levá-la, o senhor sabe. Mas estou sendo justo e direto. Quanto?

O Capitão disse: Ainda não decidi um preço.

Nem encontrou comprador.

Não. Nem encontrei comprador.

Bem, vamos avaliar então. Eu não sou mão fechada. Eu pago pelo que quero.

É mesmo?

O Capitão Kidd deixara o .38 no quarto do hotel. Era muito grande e pesado para embalar sob a sobrecasaca de três botões que usava para as leituras. Talvez fosse melhor assim. A sensação que agora quase o dominava teria feito com que desembainhasse e atirasse no homem ali mesmo. E o que seria de Johanna enquanto ele estivesse na prisão?

Sim. Pergunte a qualquer um.

Não vou me dar ao trabalho, disse o Capitão Kidd. Claro, quero garantias de que a garota será bem tratada.

Um pouco melhor do que foi tratada pelos índios, disse Almay. Seus lábios se apertaram em um sorriso estranho e duro. Pelo menos ela será paga. Garotas loiras são *premium, premium.*

Claro. O Capitão concordou amigavelmente. Sua mente disparava à frente como um motor a vapor, pensando no que fazer de agora em diante. Quanta munição ele tinha, se sabiam para onde ele estava indo e, caso soubessem, se conheciam o caminho que ele tomaria.

Ele disse: Vamos combinar uma coisa, Almay. Encontre-me amanhã de manhã no Teatro Tyler por volta das sete. Vamos definir um preço. Não ganhei muito nesta noite e estou precisando de fundos.

Boa. As pálpebras de Almay pareciam pesadas. Ele tinha olhos cinzentos e a pele grossa e sem cor das pessoas da Escandinávia ou da Rússia. Ele parecia meio adormecido ou sonhando com algum outro mundo que não este, um lugar desfocado e sem iluminação.

O Capitão cumprimentou com o chapéu o sargento do Exército dos EUA que estava na porta, algo que poucos homens fariam, e saiu apressado. O ar estava úmido; a condensação brilhava em todas as superfícies e depositava um bilhão de pontos nos telhados. Ele viu Almay e os Caddos virar para o norte na Trinity, na direção oposta de seu pequeno hotel na Stemmons Ferry Road.

Caminhou rapidamente pelas ruas não pavimentadas até o estábulo Gannet e chamou o cavalariço bronco, atrelou a égua e a empurrou para os poços de água, ajustou a coleira, prendeu os arreios e virou a carroça de frente para a saída. Trocou de roupa o mais rápido possível. Na charrete, jogou sua pasta e o saco de moedas e embrulhou o resto do jantar na frigideira. Colocou sua roupa preta formal de leitura e o casaco sobre o braço. Acariciou o pescoço de Paxá, limpou a sujeira das moscas em torno dos olhos dele e o amarrou atrás.

Deixou o balde de comida para que o homem devolvesse ao refeitório. Vou buscar a Sra. Gannet, ele disse. Partiremos em meia hora.

Hora, disse o cavalariço, e sentou-se nos cobertores onde dormia, em uma baia vazia, com seu lenço estranhamente amarrado na cabeça e uma garrafa vazia jogada contra os pregos no chão. Meia hora. Pressa do inferno. Correria no meio da noite, disse ele, desabando de volta na palha.

O Capitão correu pelas ruas escuras de Dallas e virou na Stemmons Ferry para o hotel. Algumas janelas mal iluminadas, aqui e ali, tinham um ar sinistro e pareciam espiá-lo. Correu escada acima, foi para o quarto e arrumou a bolsa. Ergueu-a e foi até a porta ao lado. Bateu forte e rápido.

A Sra. Gannet abriu a porta vestindo uma camisola de saia larga, seu cabelo castanho escuro desfeito. Ele podia sentir o cheiro de enxofre de um fósforo; ela acendera rapidamente a lamparina. Ela usava um manto verde-floresta sobre a camisola, e seu cabelo caía pelas costas e ombros em camadas brilhantes. Sua boca estava aberta. Atrás dela, Johanna já estava sentada na cama, totalmente desperta, com ambos os pés plantados no chão.

A Sra. Gannet parecia tão calma quanto alerta. Capitão?, ela disse.

Rápido, ele disse. Temos que partir ainda esta noite.

Antes de subir na charrete, ele tirou o chapéu para a Sra. Gannet e expressou seus agradecimentos. Ela ficara indignada e chocada com o que Almay dissera. Ela não o conhecia, mas agora sabia quem era. Seus olhos brilharam à luz do lampião que ela carregava em uma das mãos. Ela estava furiosa, o que lhe dava uma aparência viva e intensa à qual o Capitão não conseguiu resistir. Ele pegou a mão dela; era pequena e forte, e em seu pulso havia um bracelete de prata e algumas joias vermelhas cintilantes.

Espero ter a honra de visitá-la no meu retorno, disse o Capitão. Ela sorriu. Quem sabe um piquenique às margens do Trinity?

Primeiro, volte, ela disse. E tome cuidado, meu caro.

Ele hesitou e então, curvando-se, beijou-a de leve na bochecha.

Quando saíram pelas ruas escuras, ela segurava o lampião, e, à sua luz, partículas de feno flutuavam ao seu redor como vaga-lumes.

Eles seguiram pela estrada Waxahachie, direção sul, porque Almay e seus amigos esperavam que eles pegassem a estrada Meridian, para o sudoeste. Mais tarde, naquela noite mesmo, eles poderiam cortar para o oeste e voltar para a Meridian. Ele confiava que, sem avistá-los e sem encontrar qualquer rastro novo naquela estrada, Almay e companhia dessem meia volta e fossem procurá-los em outro lugar. Assim, talvez ele e Johanna pudessem ganhar três ou quatro horas sobre eles.

Eles trotaram para as colinas a sudeste de Dallas, chamadas Brownwood Hills. Antes do amanhecer, eles deveriam chegar a uma região cortada pelo rio Brazos, com ravinas e penhascos de rocha vermelha escorregadia, cobertos por carvalhos que nunca haviam sido cortados. Alguns deles eram grossos como pedras de moinho. Ele queria chegar ao rio à luz do dia e sair da estrada, para vigiar do alto seus perseguidores. Não seria difícil subornar o funcionário do estábulo para obter informações. O homem bebia. Bêbados eram presas fáceis.

A chuva diminuíra, e eles conseguiram ganhar uma boa distância. O céu estava coberto por nuvens que ameaçavam chuva, e a lua, com três quartos de sua superfície aparente, dava a impressão de estar rolando para trás. A estrada à frente deles era vazia e sem referências. Era difícil estimar distâncias ao luar. O Capitão pretendia estar o mais longe possível de Almay e dos Caddos antes do amanhecer.

Ele não era avesso a briga, mas estava mal armado. Pegou o revólver e o enfiou na cintura do lado direito, com o cabo para a frente. Ele precisava de um coldre. A espingarda era um calibre .20, um tiro de cada vez, e ele só tinha chumbinhos. Para o revólver, tinha apenas uma caixa de cartuchos, talvez o suficiente para cerca de vinte rodadas. Não teve dinheiro para comprar outra caixa ou um coldre quando chegaram a Dallas, e agora, tarde da noite, a cidade estava fechada, e aqueles que ainda circulavam não eram pessoas que ele gostaria de conhecer.

A espingarda estava aos pés do Capitão, sob o painel, comprida, carregada e com o ferrolho travado, o que o preocupava. O ferrolho destravava com facilidade, estava frouxo. Ao pegar a arma, poderia disparar um tiro direto em um dos cavalos antes de conseguir mirar, se não tomasse cuidado.

Era 5 de março e fazia frio, sua respiração pairava no ar, e seu velho cachecol estava úmido do vapor. Acima deles, a Ursa Maior, com sua forma de panela, parecia girar a grande alça como se fosse despejar a própria noite no continente adormecido, e cada uma de suas sete estrelas cintilava por entre as nuvens passageiras. Depois de várias horas, ele encontrou uma trilha indo para o oeste e a tomou. Em duas horas, estavam na estrada Meridian. Essa região era pouco povoada e raramente policiada. Ataques de índios vindo do norte eram bem prováveis. Seguiram em frente.

A menina estava sentada atrás, na carroceria, envolta no grosso *jorongo* vermelho e preto. Não havia método pelo qual ele pudesse explicar o que se passava, mas ela não precisava de explicações. Sua família e sua tribo lutavam contra os Utes, seus antigos inimigos, e contra os Caddos. Mantiveram uma longa guerra de guerrilha contra colonos do Texas e os Texas Rangers e depois contra o Exército dos EUA. Também enfrentavam com frequência outros demônios das planícies abertas: fome, tornados, escarlatina. Ela não precisava entender mais nada, exceto que estavam sendo perseguidos por inimigos, e isso ela já percebera.

A estrada se abria diante deles, um trecho de duas vias sob a luz da lua, rolando sobre as elevações e vales da região, as pradarias do centro do Texas. Passaram por uma casa de fazenda situada entre as árvores. Os prédios da fazenda pareciam grandes animais que se reuniram para cochilar ali perto da casa durante a noite. Uma luz brilhava numa janela. Alguém esperava outro alguém. Paxá cheirou o ar à procura de alguma égua. Ele teria relinchado se houvesse alguma, fazendo promessas que seria incapaz de cumprir, mas, como tudo que sentia era o cheiro de um burro e de outro cavalo castrado, calou-se e continuou a trotar. Aqui e ali havia matagais de carvalhos sustentando rígidas armaduras de galhos emaranhados, chacoalhando velhas folhas marrons, e no ar frio da noite uma forma sibilante e rápida passou na frente deles.

A menina gritou. *Sau-Podle!* Ela se inclinou para a frente e cobriu o nariz com a lã vermelha como se não quisesse respirar o ar. *Sau-Podle* trazia notícias de uma morte; logo, aqui. Cortava o ar como uma lâmina deixando entrever pernas rechonchudas como as de uma criança em calças largas.

Corujão-da-virgínia, disse o Capitão. Deixe para lá, Johanna. Finja que era um falcão noturno.

Onze

À primeira luz, o comandante e Johanna já estavam a apenas uma milha, ou menos, do rio Brazos. Finalmente, chegaram à pequena estrada que acompanhava a margem norte e, em seguida, a um lugar que ele apostava ser Carlyle Springs. A nascente descia de um penhasco de arenito vermelho para uma ravina e, depois, para o próprio Brazos. Descia brilhando, saltando como um riacho transparente de poça em poça. O Capitão ergueu os olhos e pensou ter encontrado uma maneira de subir por ali; uma leve trilha ziguezagueando encosta acima.

Fez Bela sair da estrada e subir a colina. Depois de uns cem metros, ele teve de descer e puxar a égua através dos arbustos e carvalhos jovens e espinhosos que os arranhavam, mas tudo em que conseguia pensar era *Proteja-se, proteja-se*. Ele sentia como se puxasse o peso do mundo atrás dele, com Bela e a menina, que chacoalhava no banco do condutor, e Paxá, que se esforçava lá atrás. Estava tudo ensopado e, rapidamente, ele também ficou encharcado até os joelhos.

No topo, encontrou o único lugar plano para parar. Havia árvores e arbustos que serviriam de esconderijo. Alguns tocos; alguém tinha estado ali cortando madeira para postes de cerca. De cima de uma pilha de rochas de arenito vermelho, grossas como uma muralha, ele poderia ver a estrada lá embaixo.

Curvou-se com as mãos nos joelhos para aliviar os músculos das costas. Estava rígido da longa noite de viagem. Tudo doía. Endireitou-se e virou para ela com o *bacon* embrulhado na mão. Ela o pegou, baixou a porta traseira e o colocou ali.

Eu cozinho! Ela sorriu para ele e estendeu um pedaço de doce. Boa *senhola* dos cavalos, disse ela. Coma, Kap-tan. Seu rostinho era redondo como uma maçã.

Ele devolveu o sorriso. Sim, muito boa, disse. Ele comeu o pedaço de doce, e o açúcar atingiu sua corrente sanguínea rapidamente. Tirou o chapéu e passou os dedos pelos cabelos brancos. Seu casaco estava aberto ao vento da manhã. Procurou o cachimbo nos bolsos.

A garota recolheu lenha seca em sua saia, como se estivesse feliz por descobrir que, afinal, saias serviam para alguma coisa. Ele entregou a ela o fósforo, e ela acendeu o pequeno fogareiro. Com a faca de açougueiro, ela cortou o *bacon* habilmente. Cantava para si mesma. Esta era a vida que ela conhecia, e era boa. Sem telhados, sem ruas. Seu cabelo caramelo recém-lavado voava solto com a brisa da manhã. De vez em quando, ela levantava a cabeça para olhar os carvalhos ao redor deles e cuidar a presença de algum inimigo. E voltava a colocar as fatias na frigideira.

O Capitão enfiou fumo no cachimbo. Aqui estava ele, com seu jeito manso e quieto, ainda vagando, ainda lendo as notícias do mundo na esperança de que isso fizesse algum bem, mas obrigado a levar uma arma no cinto e a proteger uma criança, e não havia história ou conto impresso que pudesse alterar essa situação. Ele pensou nos homens que os seguiam e em como o cheiro da fumaça do tabaco se espalharia por toda parte, muito mais do que a fumaça da carne. Pensando bem, largou o cachimbo.

Desamarrou Bela, prendeu-a junto a Paxá e esfregou os dois com uma escova de palha de arroz. Se o Capitão e Johanna precisassem fugir, eles se sairiam melhor a cavalo do que na charrete. Olhou para a sela e os pelegos. Ainda não. Mas encontrou o freio de montaria de Paxá na pilha de arreios e colocou-o sobre uma roda, onde estaria pronto para ser usado.

Calçou as botas de montaria, com salto mais baixo, e depois as esporas, empurrando as travas para endireitá-las e evitar que zumbissem. Tirou dos bolsos o relógio de ouro, algumas moedas e o canivete e os colocou na porta traseira. Ele não queria sobre ele nada que tilintasse, que fizesse barulho. Tirou o revólver e mais uma vez se certificou de que todas as câmaras estavam carregadas. Colocou-o de volta na cintura. O cano de vinte centímetros dava a sensação de estar carregando um cabo de machado. Pombas de asas brancas sentaram-se nos carvalhos e se sacudiam de um pé rosa para outro, balançando e cantando porque queriam ir beber na fonte, mas tinham medo.

O Capitão gostaria de poder voltar à estrada para ver quanto da carroça era visível dali. Provavelmente a parte superior, pensava ele. Não sabia quando Almay e seus amigos teriam partido de Dallas atrás deles. Provavelmente por volta das sete e meia, oito da manhã, quando ele não aparecera no Teatro Tyler. Ao não acharem nenhum rastro na estrada Meridian, ele imaginava que tivessem dado meia-volta para a estrada Waxahachie e continuado nela. Com sorte, estariam longe, a leste, hesitantes e gritando: Para onde eles foram? Para onde foram? Mas logo descobririam e, estando a cavalo, seriam mais rápidos.

Resolveu não descer. Poderiam surpreendê-lo lá embaixo, a pé e tendo uma longa subida para voltar à charrete entre as rochas. Ele se deitou de bruços e observou a estrada. Era terra vermelha, duas pistas com uma faixa de grama no meio. Ele podia ver duas seções da trilha entre as árvores, uma delas a uns oitocentos metros de distância e a outra logo abaixo.

Ele esfregou os olhos cansados e voltou a assumir seu dever de guarda. À luz crescente do dia, o Capitão pensou ter visto o movimento e o reflexo da cauda de um cavalo. As pombas ficaram em silêncio. Hum, ele disse. Subiu no assento da charrete para ver melhor.

Fazia uns dez graus. Um sol tênue e aquoso lançava seu brilho de bronze na terra abaixo. As colinas tinham cristas bem separadas umas das outras, como grandes ondas cobertas de árvores, como se estivessem se afastando umas das outras ao longo de suas bases de pedra. No horizonte das colinas cobertas de cedro, uma espessa nuvem de fumaça subia ao céu. Alguém estava queimando gravetos ou folhagens a cerca de cinco ou seis quilômetros de distância.

O pequeno fogão estalou com o barulho de um cano quebrando e brasas se espalhando. A tampa da frigideira voou para longe sobre uma onda de gordura quente. Outro *Bang!* ensurdecedor. *Bacon* e café saltaram no ar.

A garota estava sob a carroça em menos de um segundo. O Capitão caiu ao lado do assento, do lado esquerdo. Pelo menos foi mais rápido do que se tivesse tentado descer. Rolou para baixo da charrete. Outra rodada atingiu as laterais acima deles, e estilhaços espirraram no ar. Ele pensou no barril de farinha com a munição .38 dentro.

Eles não vão querer matar os cavalos e não vão querer se arriscar a matar a garota. Ele se ergueu nos cotovelos e fez um gesto tranquilizador. Ela estava deitada de bruços com o rosto virado para ele, mantendo os olhos no seu rosto quadrado. Eles estavam deitados entre rochas e pequenos arbustos espinhosos; um lagarto de listras escuras fugiu chispando. *Eles estão disparando da ravina. Eles têm rifles.*

O Capitão rastejou por baixo da carroça até a ponta da colina. Puxou o revólver. Outro tiro da direita, lugar diferente. Ambos da direita. Então, onde está o terceiro homem? Ele cuspiu na mão, espalhou o cuspe no cano do revólver e salpicou poeira sobre ele. O Smith and Wesson de cano longo era preciso, mas nem de longe tão preciso quanto um rifle. E não tinha alcance. Os rifles deles serviam para duzentos metros ou mais. Eles poderiam ficar protegidos e atirando por muito tempo.

A espingarda só servia para situações de proximidade; ele tinha apenas quinze projéteis Número Sete, chamados tiro de peru ou tiro de pomba, que no máximo marcaria o rosto de alguém com uma tatuagem permanente, a menos que você estivesse face a face, e, nessa situação, ele provavelmente não sobreviveria. Na caixa de tiro havia pólvora, e cápsulas e buchas para montar mais cartuchos de espingarda, como se isso fizesse diferença agora. Deitou-se ainda e sentiu tremores na barriga. Medo por si mesmo, pela menina. *Me ajude.*

Ele se virou e viu Johanna rastejar em sua direção, arrastando a caixa de munição .38. Ela tinha tirado do barril de farinha. A caixa e as mãos da menina estavam cobertas de farinha.

Ele pegou a caixa e fez sinal para que voltasse à charrete. Ela se arrastou de volta.

Esta não seria a primeira vez que alguém tentava matá-lo, mas as outras tinham sido o que se poderia chamar de lutas justas. Os dois tiros soaram ao Capitão como se tivessem vindo de um rifle Henry. Um Spencer faria um som mais baixo e rouco. Mas talvez fosse a pólvora que estavam usando. Ele sentiu o cheiro da fumaça da pólvora subindo em fios longos e retos que se enroscavam nos cedros. Sua boca estava seca. Haviam viajado a noite toda, e ele estava cansado, e a luz estava difusa, era difícil enxergar.

Não imaginara que eles passariam direto ao assassinato. Pensara que, se os alcançassem, iriam gritar, ameaçar, oferecer certa quantia em prata, talvez até alegar que eram parentes da garota. Ele se vira apontando o longo cano do Smith and Wesson para o rosto deles e dizendo algo como "Vão embora ou explodo vocês". Claramente, isso não iria acontecer. A violência e a depravação humana ainda conseguiam espantá-lo. Ele fora pego de surpresa.

A garota estava embaixo da carroça. Atenta aos sons. Ela ergueu as mãos e prendeu os longos cabelos em uma trança e os amarrou com um pedaço de renda que arrancara da saia. Ela não estava espantada. De modo algum.

Ele ficou imóvel atrás de uma pedra esfarelada, à beira da colina. Esperando. Ele e Johanna estavam expostos a uma encosta arborizada, atrás deles, um terreno mais alto, mas a uns bons quatrocentos metros de distância. Almay e os Caddos vinham de baixo. A charrete deve ter ficado um pouco aparente. Ele esperou. O vento estava frio.

De longe, ele ouviu o movimento do ferrolho de outro Henry e viu outra baforada de fumaça de pólvora, vinda de baixo, por trás de um longo pedregulho avermelhado, no lado direito da ravina. Em seguida, ouviu um estalo agudo e o barulho da charrete sendo atingida novamente. Lascas explodiram no ar e choveram em cima dele. Paxá caiu para trás, mas a corda do cabresto não arrebentou, e ele se levantou novamente. Não fora atingido. Bela estava mais determinada. Rasgou a corda do cabresto, jogou-se sobre as árvores e parou. Estava presa a alguma coisa.

O Capitão esperava o outro tiro, ou mais dois se estivessem todos armados com rifles. Ele tinha que economizar a munição do revólver e procurar o melhor tiro, mesmo se estivessem bem na sua cara. Seus olhos pareciam querer saltar da cabeça. Teve de fechá-los por um momento. Foi quando uma bala Colt de .45 estourou à sua direita, a cerca de dois metros de distância, e ele ouviu o eco do tiro. Não virou a cabeça, apenas notou de onde vinha a fumaça. Também do lado direito da ravina, mais abaixo. Número três. O tiro não tinha aquele som profundo e cortante de um rifle, parecia um revólver. Eles estavam todos os três em fila única de um lado. Estúpidos. Estavam confiantes demais. Não enfrentavam mais do que um velho e uma garota.

De certa forma, ele não se importaria de acabar assim, numa chuva de balas. Setenta e um era um bom tempo de vida. Mas e Johanna?

O sol ameno do início de março derramava uma luz sem sombras. Não havia muitos reflexos. Outro tiro lascou a superfície do calcário escuro e denso à sua esquerda. Ele não se abaixou nem olhou naquela direção, mas observou a fumaça.

Era isso. Mesmo rifle. Dois, era tudo o que tinham. O terceiro homem tinha que se contentar com um revólver, como ele.

Foi quando viu um homem pular de trás de uma pedra avermelhada para outra, tentando atravessar para o outro lado da ravina. Ele carregava um rifle. O Capitão atirou três vezes, lascando a pedra perto do homem e lançando ao ar borrifos de cedro e de folhas. Era um dos Caddos. Eles tentavam encurralá-lo entre duas linhas de fogo; um rifle à esquerda e um rifle e uma pistola à direita.

Um breve vislumbre; o Caddo usava uma luva de couro pesada na mão esquerda. Significava que tinha razão, os rifles eram Henry. Como não tinham guarda-mão, o cano quente dos Henry tinha que ser manuseado com uma luva. Mais um tiro. Esperou o clarão de outro cano a sua esquerda, ao alcance de seu revólver. Ao vê-lo, disparou duas vezes e ouviu um grito. O rifle voou longe e ficou preso entre as pedras.

Peguei! Tinha, pelo menos, derrubado o rifle de sua mão. E agora o idiota teria que ir recuperá-lo.

Ele mirou e esperou. Tinha certeza de que o Caddo tentaria recuperar seu precioso rifle. *Vá em frente, rapaz.* Do outro lado da ravina, ele vislumbrou a coroa de um chapéu. Ele era inteligente demais para cair no truque. Estava em cima de uma vara.

Johanna, volte!

A garota o ignorou. Ela avançava pelo chão à sua direita. Mergulhava entre as elevações de arenito vermelho, segurando a rocha bruta com as mãos nuas. Olhava por cima e voltava a se deitar contra a pedra. Carregava o ferro usado para levantar a tampa do fogão em uma das mãos e agora o usava para alavancar a base de uma pilha de pedras. Ela puxara a barra de trás da saia entre as pernas e a prendera no cinto da frente, de modo que parecia vestir grandes calças turcas. Ainda estava descalça. Ela o fez pensar nas gravuras que vira de crianças circassianas, vestidas com trapos e bandoleiras, lutando contra as tropas russas em algum lugar na região do Ponto. Claramente, este não era seu primeiro tiroteio. *Mao sap... ele,* ela disse. *Caddos. Aqueles com anel no nariz. Eles vão morrer.* Ela não se importava que ele não a entendesse, era simplesmente importante dizer: *Eles vão morrer.*

O Capitão voltou a olhar por entre as folhas à esquerda e viu os cabelos negros do Caddo cintilar enquanto ele pulava de pedra em pedra, descendo a ravina, em busca de seu rifle. Atirou novamente. Um grito, depois um choramingo. Um ferido. Não sabia quão gravemente. O suor escorria por baixo do chapéu até os olhos, que ele enxugou nos ombros, um após o outro, rapidamente. Surpreendeu-se ao ver que precisava recarregar. Não imaginava que tivesse disparado tantos tiros. Suas mãos tinham farinha da caixa de munição.

Johanna ainda tentava alavancar a base de uma laje de pedra com o ferro do fogão. Espantosamente, ela conseguiu incliná-lo e fazer com que uma placa de pedra rolasse pela beira da colina, saltando morro abaixo, despedaçando-se ao meio contra uma pedra e depois caindo em pedaços sobre alguém. Ouviram um grito profundo, quase um grunhido, e viram um homem rolar para fora de seu esconderijo.

Boa menina, disse ele. Criança endemoniada! Ele ria enquanto atirava sem parar, sem se importar com o gasto de munição. O homem estava em sua mira, mas não conseguiu acertá-lo. Ficou furioso consigo mesmo. O homem desaparecera.

Doze

Ele tinha vinte cartuchos restantes. Recarregou.

Sorriu para ela quando ela voltou. Você é incrível, ele disse.

Ela recebeu o elogio com um aceno sério e voltou sua atenção para seus inimigos.

Outro tiro de rifle estilhaçou pedras na frente dele, como uma explosão. Ele tentou proteger a cabeça contra as lascas e sentiu uma estranha dor, como um choque, por todo o crânio, uma dor nos nervos, e notou que não conseguia mais enxergar com o olho direito. Esfregou o olho rapidamente e voltou a ver e a observar a fumaça. Abaixo, à direita, novamente. A pedra tinha provavelmente acertado o homem com o revólver. A corrente de água descia incessante pela ravina e brilhava, aqui e ali, como vidro. O Capitão enxugou novamente o olho e depois olhou para a mão. Estava molhada de sangue. Uma lâmina de pedra arrancada da rocha atingiu-o no olho direito, mas tinha esperança de que parasse logo de sangrar. Ele não podia ficar incapacitado, não podia ser morto, porque sabia muito bem o que eles fariam com a menina. Algumas pessoas nasciam sem uma consciência humana e era melhor que morressem.

Ele tentou imaginar quantos estavam feridos. Talvez tivesse tirado de prumo o cano do rifle Henry. Pensava ter atingido o homem da esquerda, mas não sabia o quanto. Johanna feriu outro, jogando uma pedra sobre ele.

Ele apoiou a cabeça sobre os nós dos dedos. Sua camisa estava manchada de sangue. Ele considerou suas opções. Poderiam fugir, cavalgando a dois sobre Paxá. Soltaria Bela, e ela os seguiria. Se ganhassem distância suficiente de Almay e dos Caddos, ele poderia parar o tempo necessário para colocá-la sobre a égua, mas Bela era uma criatura amigável e lenta, com a perna dianteira desalinhada e propensa a tropeçar. Poderiam tentar alcançar aquela fumaça distante no horizonte.

Johanna se aproximou trazendo o cantil de couro para ele. O Capitão rolou de costas e bebeu com sofreguidão. Um pouco escorreu pelas laterais de sua boca. Ele fechou o cantil. Almay e seus comparsas tinham a água da nascente escorrendo pela ravina, mas ele e Johanna tinham apenas isso. Ele o devolveu a ela.

Pensava, inutilmente, sobre por que não carregava mais munição, por que não comprara mais. Por terem deixado Dallas no meio da noite, claro.

A menina estendeu um pano úmido para ele, que o usou para enxugar a testa e os olhos. Sorte que foi seu olho direito, porque ele mirava com o esquerdo. O corte não era profundo, mas a lâmina de pedra parecia ter atingido um nervo, que causava uma dor aguda e penetrante por todo o couro cabeludo. Não importa. Ele enxergava com ambos os olhos agora. Sua visão era muito boa. Aqueles animais lá embaixo provavelmente pensavam que ele estaria meio cego pela idade. Pois teriam uma surpresa. Ele se virou de bruços. Após um pequeno silêncio, eles seriam traídos pela curiosidade. Ele viu o cano de um rifle ao alcance do seu revólver. Colocou o longo cano de vinte polegadas em um vão da pedra; atirou com cuidado e ouviu alegremente outro grito de dor.

Kap-tan, ela disse.

Ele olhou em seus preocupados olhos azuis. Minha querida, ele disse. Vamos ser realistas. Ele abriu o cilindro do revólver e virou a mão para que ela pudesse ver que estava vazio. Em sua outra mão, ele segurou as catorze balas restantes.

Ela estendeu a mão para a espingarda e olhou para ele.

Não serve, disse ele. Não. Ele mostrou a ela um dos cartuchos. Nada além de tiro de chumbinho. Nem chegaria muito longe. Ele apontou para Paxá. Depois, apontou para ela. Seu cavalo de montaria estava rígido de susto, como uma figura de porcelana, e suas orelhas apontavam imóveis em direção à ravina. Ainda que o cavalo fosse difícil, entre os índios das planícies até mesmo crianças pequenas podiam cavalgar e cavalgar bem.

Vá, ele disse. Fez um movimento de "afastamento" com a mão. Vá.

Ele estava decidido, e sua expressão era firme e séria.

Eles estavam chamando por ele. Tentariam fazer um acordo.

Haina, haina. Não, ela não iria.

Monte no cavalo e vá embora, disse ele. Ele deslizou para trás, pegou o freio de Paxá do aro da roda dianteira e estendeu para ela. O Capitão sabia que, com dois homens feridos lá embaixo, ela poderia ter uma chance. Droga, vá. *Haina*.

De repente, sentiu-se muito cansado. Não poderia lidar com ela e seus agressores ao mesmo tempo. Com os últimos catorze tiros apertados em sua mão, rastejou novamente para a borda da rocha e encontrou o vão da pedra. Carregou o revólver e desperdiçou mais três tiros tentando ricochetear em Almay, que estava atrás da barreira de pedras do lado direito. Então, um dos Caddos apareceu, correndo pela ravina até se abrigar novamente, o que o fez disparar inutilmente mais dois tiros. Seu julgamento estava tão falho quanto suas forças. A única boa notícia era que o Caddo tinha a mão ensanguentada.

Johanna, monte no cavalo e vá embora.

Por um momento, ele baixou a cabeça sobre o antebraço. Quando a ergueu, viu que deixara na manga uma espécie de impressão ensanguentada de sua órbita ocular. Ela tinha ido para algum lugar. Ele pressionou o pano molhado contra a sobrancelha. De novo, os estranhos lampejos de dor por todo o crânio. Foi quando ele a viu rastejar em sua direção com a espingarda em uma mão e a caixa de tiro na outra. De alguma forma, ela conseguira empilhar o saco de moedas em cima da caixa de tiro e empurrá-la também. Ela estava coberta de sujeira. Ele supôs que também estivesse. Ela empurrou o saco de moedas na direção dele e gesticulou para a ravina.

Johanna, eles não serão comprados, disse ele. Ele deu um tapinha no braço dela. A trança estava se desfazendo, e o cabelo da menina caía como um véu sobre seu rosto jovem. Ele disse: Eles não podem ser subornados, não irão embora se oferecermos moedas. Ele olhou naqueles ansiosos olhos azuis, e um pensamento terrível lhe ocorreu. Ele sentiu que de seus olhos corriam lágrimas ou suor.

Ela não podia cair nas mãos deles. Nunca. Nunca. Ele ainda tinha oito tiros, seis no cilindro e dois na mão. Ele disse: Não vai funcionar, minha querida.

Ela empurrou a espingarda na direção dele.

Ele balançou sua cabeça. Inútil. Ele abriu um cartucho e despejou as minúsculas contas de chumbo na mão.

Outro tiro da esquerda, dessa vez atingindo perto de um dos eixos da carroça. O Caddo recuperara o fuzil e disparava, ferido ou não, e a fumaça indicava que o homem tinha subido. Mais de cinquenta metros de distância. Se ele ficasse acima deles e começasse a atirar, eles teriam sérios problemas. O Capitão procurou por ele e viu o reflexo de seu cabelo preto.

Ele sentiu Johanna puxar sua manga e olhou para baixo.

Ela ergueu um dos cartuchos da espingarda.

Estava cheio de moedas.

Ele olhou para o cartucho na palma estendida de Johanna.

O Capitão estendeu a mão para pegá-lo quando outra bala atingiu a frente da pedra que os protegia. Ele levou um susto, mas não se abaixou. Encostou-se e ergueu o cartucho. As moedas se encaixavam perfeitamente no tubo de papel de calibre .20.

Bem, macacos me mordam.

Estava muito pesado. Ele olhou para o rifle. Ela manuseava o carregador de pólvora. Ele a viu mexer na alavanca que vertia vinte grãos de uma vez: um, dois, três, quatro, oitenta grãos de pó. Uma carga pesada para sua espingarda velha. O capitão sacudiu na mão o cartucho cheio de moedas e sorriu.

É incrível, disse ele, rindo. Dez anos de idade e um prodígio no campo de batalha.

Com o peso das moedas e a carga de pólvora, a espingarda se tornara um pequeno canhão. Não apenas isso, mas coisas pesadas voavam longe e rápido, e ele poderia ganhar um alcance de cerca de duzentos metros.

Ele não conseguia parar de rir. Por Deus, por Deus, disse ele. Agora tinham uma chance de sair dessa. Tudo mudara. Boa menina, Johanna, boa menina. Minha pequena guerreira.

Ele nem notava que fedia a cordite e que as mãos de Johanna estavam brancas de farinha e que os dois estavam cobertos com a terra vermelha da região do Brazos. O Capitão percebeu que, subitamente, não estava mais cansado. Ela sorriu de volta para ele com seus dentinhos brilhantes, e então o Capitão ergueu uma das mãos. *Espere.* Ela assentiu.

Primeiro, eles tinham que preparar alguns artifícios e truques. Ele pegou um dos cartuchos de chumbinho e carregou a velha espingarda. Enquanto colocava o cano no vão da pedra, ele a viu carregar ainda mais moedas nos cartuchos, apertando as buchas, despejando pólvora do velho carregador de mola, apertando outra bucha e finalmente fechando cada cartucho com firmeza.

Ele disparou pela ravina e ouviu as balinhas de chumbo Número Sete tilintar inofensivamente na pedra.

Lá embaixo, ouviu-se a risada de Almay. Ele gritou: Isso é tudo que você tem?

Chegue mais perto e você descobrirá, seu filho da puta, o Capitão gritou de volta.

Estou muito assustado. Alvejado com decorações de bolo ou algo parecido, Almay gritou em resposta.

Então suba, disse o Capitão.

Ele se perguntava onde estariam os Caddos. Com sorte, cuidando de suas feridas ou, melhor ainda, sangrando até a morte. Ele carregou outro Número Sete e disparou. Espalhou suas balinhas no ar como se tivesse espirrado sementes de papoula. Olhou para Johanna. Ela estava ocupada empilhando mais moedas nos cartuchos.

Ouça-me, disse Almay. Ele continuava escondido atrás de uma das barreiras de pedra.

Parece que não tenho escolha, disse o Capitão.

Você deve ser bom numa pechincha. Este não é seu primeiro rodeio, certo?

Eles não precisam fazer um acordo. Ele acha que tudo está a seu favor. O que ele quer é me matar e levar a garota e os cavalos. Eles vão queimar a carroça. É muito reconhecível. Águas Curativas. Ele quer chegar perto o suficiente para me matar sem atingir a garota. Ele não tem certeza do alvo e atira de baixo para cima. Sempre difícil.

Ele mexeu no ferrolho, o cartucho usado saltou fumegando, e ela o agarrou. Ele agora enfiou um dos cartuchos de dez centavos na culatra. O peso deve dar-lhe uns bons cento e setenta, cento e oitenta jardas, se não mais. Ele colocou o cano no vão.

Qual é a sua proposta?, ele perguntou.

Razoável! Posso ser razoável.

Suba, conversaremos.

O homem loiro levantou o chapéu por cima da barreira de pedra. Havia um buraco nele.

Capitão, ele disse. O senhor queria me acertar na cabeça, bem aqui. Suas intenções não são boas. Temos que conversar seriamente.

E então?

Ouça-me, disse Almay.

Você já disse isso. Pare de se repetir.

Então, vamos pensar num acordo agora.

Por que ele postergava? O Capitão sabia que o único motivo era mantê-lo falando enquanto os Caddos subiam. Bem à sua esquerda, um pequeno filete de areia e pedras escorria pela ravina.

Vamos logo, então, disse o Capitão. Pare de hesitar. Eu odeio hesitação.

A essa altura, Almay conhecia o alcance da espingarda e de seus chumbinhos. Ele saiu com confiança de trás da barreira de pedra. Ele também estava certo de que o Capitão não tinha mais munição de revólver. Ele obviamente não podia mais atirar e, desesperado, usava a espingarda e suas munições leves como último recurso. Almay avançou pela ravina. Aqui e ali, a água da nascente Carlyle havia desgastado o arenito vermelho que revelava suas camadas inferiores, duras e parecendo mármore. Branco, puro e liso. Eram como degraus irregulares descendo a ravina, esculpidos pelo tempo. Desde Noé, talvez. Almay carregava o chapéu em uma das mãos e dava passos longos com suas botas de cano alto. Seu cabelo estava escuro de suor. Eles haviam cavalgado muito para alcançá-los.

Vou lhe dizer uma coisa, falou Almay. Abaixe essa espingarda e eu garanto que meus homens baixam suas armas e podemos ter uma conversa.

Duzentos metros, depois um pouco mais perto. *Vamos, vamos.*

Certo. Estou anotando o que falamos.

O Capitão mirou com muito cuidado. Ele não tinha certeza do que as moedas fariam, ou a carga de pólvora extrapesada. Então ele apontou para o V do colarinho da camisa aberta de Almay e puxou o gatilho.

As moedas voaram do cano a seiscentos pés por segundo, com uma explosão de sessenta centímetros de comprimento. A fumaça da arma expandiu-se numa grande nuvem espessa, e a coronha da arma recuou com força contra o ombro do Capitão, quase o suficiente para deslocá-lo. Ele atingiu Almay na testa com uma carga de moedas de dez centavos. Ao voarem para fora do tubo de papel, as moedas giraram de modo que, ao atingirem a testa de Almay, parecia que sua cabeça tinha sido impressa com hifens. E de todos os hifens começou a jorrar sangue. Almay caiu para trás, despencando de cabeça morro abaixo. Tudo o que o Capitão conseguia ver eram as solas das botas.

Ele tirou o chapéu e o colocou entre a coronha e o ombro. Então, sem virar a cabeça, estendeu a mão para receber mais uma bala de espingarda carregada de dez centavos. Ele a enfiou, disparou e acertou a mira nos Caddos desorientados. Outro grande estrondo de canhão e o sibilo das moedas de prata cortando o ar em velocidade, brilhando e ricocheteando por toda a ravina. O rugido do calibre .20, sobrecarregado, soou como se uma granada tivesse explodido. Pedaços de dez centavos se chocaram contra o traseiro do Caddo ferido. Uma chuva de dinheiro rasgou as árvores mais abaixo, cortando galhos e folhas dos carvalhos, cravejando as pedras e lascando o topo posterior do crânio do Caddo que corria atrás. Virando-se instintivamente para lutar, ele foi atingido mais uma vez pelo Capitão. Projéteis prateados rasgaram as mangas de sua bata larga e transformaram seu chapéu em peneira.

Por Deus, acredito que foram uns bons duzentos e cinquenta metros, disse o Capitão.

Finalmente, ele se recostou contra a pedra vermelha. Seus nervos ardiam como fusíveis, e ele não estava mais cansado. *Eu os peguei. Eu consegui. Conseguimos.*

Ela ergueu outro cartucho, rindo.

Não, minha querida. Ele puxava o ar. Sua sobrancelha ainda doía. Precisamos de dinheiro para comprar suprimentos.

Ficou recostado na rocha respirando lentamente. Johanna se levantou de um salto, ereta como uma varinha de salgueiro. Ergueu o rosto para o sol e começou a cantar em voz alta e firme. Seu cabelo desgrenhado esvoaçava em mechas grossas, polvilhadas com farinha. Ela pegou a faca de açougueiro, segurou a lâmina acima da cabeça e começou a cantar. *Ei, ei, Chal an aun!* Seus inimigos corriam deles. Fugiam aterrorizados, tinham o coração fraco, as mãos estavam sem força, *Eiei, ei! Meus inimigos foram enviados para o outro mundo, eles foram enviados para o lugar que é azul escuro, onde não há água, hey hey hey! Coi- guu Khoeduey!*

Somos duros e fortes, os Kiowas!

Bem abaixo, os Caddos ouviram o canto de triunfo dos Kiowas, o canto do escalpelamento, e, ao atingirem o fundo da ravina, onde a água corria para o Brazos, nem pararam para encher os cantis.

Ela então desceu pela beira da rocha com as saias e anáguas enfiadas nas calças turcas e erguendo a faca. Já estava na metade do caminho quando o Capitão a segurou pela saia.

Ela estava prestes a escalpelar Almay.

Não, minha querida, isso não... Isso não se faz, disse ele.

Haain- a?

Não. Absolutamente não. Não. Sem escalpelamento. Ele a ergueu e fez com que subisse novamente, e então a seguiu. Ele disse: é considerado muito indelicado.

Treze

Ele encilhou e engatou os cavalos, recolheu todos os seus pequenos pertences e fechou a porta traseira. Teriam que encontrar um lugar para cruzar o Brazos logo. Descendo a colina, o Capitão puxava o freio. As hastes se lançavam sobre os ombros de Bela no declive íngreme, e os calços do freio gritavam nos eixos. Tudo que estava na carroceria acabou amontoado contra o encosto do banco do condutor, com Johanna atirada entre ferramentas, comida e cobertores, segurando o revólver. Estava descarregado, mas ela parecia mais feliz com ele nas mãos. Ambos estavam esfarrapados e sujos. Pareciam ter passado por um moedor. Enquanto a carroça mergulhava colina abaixo entre a rocha vermelha e o mato duro, ele rezava para que a barra não quebrasse e para que a roda de ferro rachada aguentasse firme.

Chegaram lá embaixo e à estrada inteiros, com todos os pertences e cavalos.

Os nervos do Capitão zuniam como fios de telégrafo ao vento, e ele sabia que em pouco tempo estaria à beira de um colapso. Buscava o frescor dos bosques de carvalhos e, chegando ao Brazos, todas as sombras das nogueiras. A estrada corria ao longo do lado norte do rio, uma estrada pequena e cautelosa que desviava de todas as margens e elevações e serpenteava entre as nogueiras sem nunca tentar seguir seu próprio caminho. Ele prestava atenção às margens da estrada à sua frente enquanto avançava. Estava pronto para atirar, se necessário. Foi forçado a desacelerar. Por Johanna, ele precisava se acalmar; deveria parecer tranquilo e seguro. Os Caddos enterrariam Almay sob uma pilha de pedras e voltariam silenciosamente para o Oklahoma. Algum dia alguém encontraria os ossos e se perguntaria de quem eram. Almay não mais comandaria sua rede de prostituição infantil, depois de ter o cérebro estourado pelas moedas locais, *salve, salve*. O coração do Capitão finalmente se acalmava.

Naquela noite, ele espalhou pela testa cortada um pó cinza para feridas e depois dormiu como um morto, sem os habituais pesadelos de guerra. Estava certo de que os teria, depois da batalha do dia, mas foi inexplicavelmente poupado. Talvez tenham procurado outra pessoa. Talvez ele não fosse o alvo daquela noite.

Acordou em um acampamento limpo e organizado sob as nogueiras altas e arejadas. Ouviu o barulho de um riacho próximo, correndo para o Brazos, e o murmúrio da brisa nas pequenas folhas das árvores. Ele ouviu Johanna, que o comandava: Coma! Agora você come! E o sino da égua tocando enquanto ela e Paxá pastavam. Ele pegou o prato da mão dela e comeu com cuidado. A fumaça azul do fogareiro flutuava baixo. Eles estavam bem, ele e a menina estavam vivos. Tomavam um café da manhã tranquilo entre as nogueiras, cheias de folhas novas, que mais pareciam pontos verdes, jogando pequenas sombras, para a frente e para trás, sobre eles e sobre as letras douradas das *Águas Curativas*.

Ele pressionou uma das mãos na sobrancelha direita. O corte estava um pouco inchado, mas bem. Ele conseguia, por pouco tempo, trabalhar tão duro quanto um homem mais jovem, mas sempre levava muito mais tempo para se recuperar. Era importante que se recuperasse. Ainda tinham um longo caminho pela frente.

Os cavalos precisavam de descanso e cuidados, tanto quanto ele. Ele teria que ensinar isso a Johanna. Os índios das planícies não se preocupavam muito com os cavalos. Eles os montavam de maneira intensiva e, como último recurso, comiam-nos. Ele checou as pernas de Bela e Paxá para verificar se havia inchaço, mas estavam bem. Haviam sido calçados pela última vez em Bowie, mas em pouco tempo precisariam de novas ferraduras. Ele se endireitou novamente, com algum esforço; quase podia ouvir o som de uma vértebra pousando na outra.

Sentou-se sobre a mochila e encostou-se a uma roda. Não conseguia parar de pensar na luta e, para tirá-la da cabeça, concentrou-se em beber café puro, fumar seu cachimbo e observar Paxá, que pastava. Johanna brincava no riacho como uma criança de seis anos. Virava as pedras, cantava e jogava água. Para se consolar e desacelerar a mente, ele pensou no tempo em que fora mensageiro, corredor, e em Maria Luisa e suas filhas. Talvez a vida seja apenas levar notícias. Sobreviver para levar as notícias. Talvez tenhamos apenas uma mensagem, que nos é entregue quando nascemos e nunca temos certeza do que diz; pode não ter nada a ver conosco pessoalmente, mas deve ser carregada nas mãos por toda a vida, ao longo do caminho, e, no final, entregue, selada.

Ele não estava realmente descansado, mas suficientemente bem para continuar. E lá foram eles.

No dia seguinte, ao meio-dia, chegaram a um lugar chamado Balsa do Brazos. O rio corria lentamente em ondulações esverdeadas. A fumaça das queimadas pairava baixa, na altura de um homem. Não havia balsa. Ele podia ver o desembarcadouro do outro lado, a jusante, a cerca de cem jardas empurrado pela corrente. A margem parecia boa, de fundo duro. Mas o rio estava cheio, e as coisas poderiam ter mudado. Quantidades de areia e lodo poderiam ter-se acumulado, e grandes árvores caídas poderiam estar sob a superfície do rio, girando como um polvo de braços fortes.

Mais uma vez, tiveram que fazer a travessia por conta própria e, mais uma vez, ele soltou Paxá e deixou a pequena Bela se atirar à frente. Ela lutou contra a corrente, eles afundaram, Johanna agarrou as saias e se preparou para pular, mas eles conseguiram.

Do outro lado, tomaram a estrada Lampasas e deixaram a Meridian para trás. Não era problema. Logo estariam na Durand, que era maior e mais movimentada, cheia de gente com dinheiro nos bolsos, era o que ele sinceramente esperava.

Uma breve chuva; o mundo voltava a ficar úmido, e cada folha dos carvalhos, agarrada aos galhos durante todo o inverno, sustentava uma gotinha em sua ponta. Os carvalhos nunca perdiam as folhas no inverno; ele já os tinha visto verdes em uma nevasca.

Johanna inclinou a cabeça para trás, para olhar as copas frondosas e o céu chuvoso. Havia uma admiração cautelosa em seu rosto. Em voz baixa, ela disse algo em Kiowa. Tanta água, árvores gigantescas, cada coisa com seu espírito. Gotas caíam como joias de seus emaranhados.

Ele disse: Árvore. Tirou seu velho chapéu de aba larga e passou a mão pelo cabelo, tão fino e branco quanto uma teia de aranha. Colocou o chapéu de volta.

Sim, ávoe, ávoe.

Ele apontou: Pinheiro. Carvalho. Cedro. Primeiro a aula geral e depois a específica.

Sim, Kap-tan Kidd.

Enquanto rodavam, ele apontou para Paxá, para seu nariz, para o *bacon*. Ela parecia ter tido algum conhecimento da língua inglesa antes. Talvez sua memória só precisasse de um empurrãozinho. Ela disse: Ca-alo, na-iz, beikon. Então ele se levantou. Levantu, ela disse. Ele sentou. Sentu. Sente, *Kontah*.

O Capitão Kidd tinha quase certeza de que *Kontah* referia-se a avô, mas, se esse era um termo honorífico ou depreciativo, ele não tinha como saber.

Ele disse: *Kontah, Opa.*

Sim, sim, *Kontah Opa*!

Opa, alemão para avô. Bem, pareciam chegar a algum resultado. A palavra *Opa* engatou em alguma engrenagem solta em sua mente. Ela parecia, agora, interessar-se pelo quebra-cabeça de outra língua, de outras palavras, outras gramáticas. Ela pensou por um momento e então gritou: *Cho-henna bat pama*. E bateu palmas. *Cho-henna lisada*. E soltou uma gargalhada falsa, sacudindo-se no assento da charrete. Então ergueu as mãos com os dedos abertos. U, dus, tles, quato, cico, sis, sé, oi, nou, dé.

Onze, doze, treze, catorze, continuou ele, até notar a expressão de dúvida no rosto dela, aquela necessidade ansiosa de entender. Deu um tapinha na mão dela. Fica para depois, disse ele.

Celto.

Ela não conseguia pronunciar o R, e talvez houvesse sons que nunca mais conseguisse fazer.

Suva, ela disse. Áugua, muita áugua, muita áugua, muita suva.

Excelente, Johanna! Excelente.

Hummm hummm hummm, ela cantarolava para si mesma, balançando-se para trás e para a frente e, em seguida, ocupando-se em arrancar o que sobrara de fios no laço no vestido. Ela tinha começado a tarefa ao amarrar a trança, durante a luta no Brazos, e agora decidira terminar o serviço.

Ela estava satisfeita e feliz enquanto viajavam, e o mundo parecia de grande interesse para ela, mas o Capitão Kidd se perguntava o que aconteceria quando ela descobrisse que nunca mais vagaria pela terra e que seria confinada para sempre com seus parentes Leonberger numa casa quadrada que não poderia ser desmanchada e embalada para viagem. Sentiu-se triste ao pensar nisso. Cynthia Parker morrera de fome quando foi devolvida aos parentes brancos. E Temple Friend, também. Outros prisioneiros que retornaram tornaram-se alcoólatras, solitários, pessoas estranhas. Eles eram todos esquisitos, os cativos retornados. Peculiares, com mentes estranhamente formadas, nunca exatamente uma coisa ou outra. Como dissera Doris em Forte Espanhol, todos os capturados quando criança voltavam inquietos e famintos por algum consolo espiritual, abandonados por duas culturas, estrelas cadentes e sem luz, perdidas no céu.

Como poderia entregá-la agora aos parentes, abandoná-la depois de terem salvado a vida um do outro, depois da batalha que travaram? Teria que fazê-lo. Eram parentes de sangue dela. Era um pensamento doloroso, e ele já estava cansado de tanta ansiedade. Decidiu voltar a pensar no aqui e agora.

Em Durand, ele teria que fazer uma leitura das últimas notícias, já que gastara quase todo o seu dinheiro. Antigos investimentos do Capitão haviam sido destruídos pela guerra entre os Estados e em acertos de várias dívidas com impostos sobre propriedade, dívidas pequenas, mas que precisavam ser pagas, e em 1866 seus depósitos e ações de bancos já tinham todos desaparecido. A Comissão local de San Antonio para o Apoio à Confederação o ameaçou de prisão se ele não investisse em títulos da Confederação, e assim o fez. Ele vendeu sua gráfica, pagou suas dívidas e pegou a estrada. Maria morrera no ano anterior, e foi como se uma corda tivesse sido rompida, como se a âncora de um balão de ar quente se soltasse e o Capitão fosse levado nos ventos do acaso. Ele tinha quase setenta e dois anos agora, e seus bens mais preciosos eram seu relógio de ouro, Paxá e sua voz de leitura.

Cho-henna *bat pato*! Ela ergueu o pé descalço e apontou para ele, depois o bateu no chão da charrete.

Sapato não, *pé*, disse ele. Procurou com a mão e encontrou um dos sapatos dela. Ele o ergueu; um calçado preto de amarrar, com uma ponta quadrada e salto de uma polegada. Estava sem cadarços. Ela os tinha usado para alguma coisa. Sapato, disse ele. E apontou para o pé dela. Pé!

Celto, Cho-henna bat *pé*! Cho-henna *apana mao*! Ela abanou a mão. *Kap-tan levantu*! Ele levantou. *Kap-tan sentu*! Ele sentou. *Kap-tan bat pama*! Ele bateu palmas, sem muito entusiasmo. *Kap-tan lisada*!

Não, disse ele.

Ah ah ah, Kap-tan, *pofavol*!

Tá bem. Ele conseguiu soltar uma risada falsa, mas calorosa. Ha! Ha! Ha! Agora chega, é o suficiente por hoje.

Ela deu uma gargalhada. Em seguida, gritou: Kap-tan *quenta cafe*, Chohenna *tila ama* (barulho de tiro), *cabalo*, Kap-tan *tila ama* (barulho de tiro outra vez), *U, dus, tles, quato, cico, sis, sé, oi, nou, dé.*

Muito bem, minha querida, agora vamos ficar quietos. Sou idoso, frágil, e meus nervos se esgotam facilmente. Ainda sentia uma dor correr pelo couro cabeludo, e sua sobrancelha direita provavelmente precisava de pontos, mas isso não ia acontecer.

Muita *suva, cabalo tila ama* ha ha ha! *Cabalo come cafe*! *Cabalo lisada*! (imitou um relincho) e ria e batia *pamas* enquanto desciam a estrada Lampasas por entre as árvores, em direção a Durand, no rio Bosque, com a cativa Kiowa inventando frases novas e improváveis e os olhos do Capitão pulsando de dor.

U pé, dus pé, u mao, dus mao, mao glande, mao pequen.

Johanna, cale a boca.

Cho-henna *cabôc*!

Quando estavam a uma milha de Durand, ainda sob os pingos da floresta de carvalhos, ele viu homens cavalgando em sua direção. Mostrou a mão a Johanna. Ela parou e ficou em silêncio total. Os homens que cavalgavam em sua direção usavam roupas esfarrapadas e chapéus surrados, mas estavam bem armados. Tinham gasto todo o dinheiro em revólveres e nas novas carabinas de cano curto Spencers, reluzentes de tão novas.

O sol aparecera, e a luz do meio-dia iluminava os homens enquanto cavalgavam em direção à charrete do Capitão. Eles pareciam brilhar com as gotas que caíam das folhas, como chuviscos intermitentes. O Capitão parou. Olhou para eles com uma expressão firme e imperturbável. Secretamente, perguntava-se se teriam de alguma forma ouvido falar do Grande Tiroteio de Moedas no Brazos.

Ele pensava no que podiam querer. De onde eram. O Texas em 1870 era uma anarquia, e cada homem fazia o que acreditava ser certo. Um dos homens, com uma barba preta e curta, parou junto à charrete, do lado do Capitão, e seu estribo de cavalaria fez barulho ao raspar contra a roda dianteira. Ele olhou para eles, para o corte acima do olho do Capitão, as manchas de sangue em sua camisa e os raios enlameados da charrete. Um velho e uma menina. A garota se afundara embaixo do painel, deixando visíveis apenas o rosto e os dedos sujos, segurando a madeira. O homem a cavalo tinha pele escura e olhos pretos, mas isso não importava para Johanna. Os nativos americanos não olhavam para a cor da pele, mas para as intenções, a postura do corpo, a linguagem das mãos. Era assim que conseguiam manter-se vivos. Johanna o encarava com seu desconfiado olhar azul.

Águas curativas, hein? Ele olhava as letras douradas nas laterais.

Comprei do proprietário, que faliu, disse o Capitão Kidd. Ele mantinha a voz num tom amigável. Tinha que pensar na menina.

Já veio com buracos de bala?

Para falar a verdade, sim, respondeu o Capitão. Ele tentou endireitar a aba ondulada do velho chapéu. Estava com uma barba branca de dois dias e sabia que parecia um vagabundo, mas mantinha as costas eretas em seu casaco de lona e fixava mentalmente o revólver à sua esquerda nas tábuas do assoalho, embaixo do *bacon*. Ele disse: Veio totalmente decorado com buracos de bala.

Muito curioso. E então, para onde o senhor vai?, disse o homem de barba negra. Sua voz era baixa e áspera.

O Capitão Kidd pensou por um momento e decidiu responder. Viu nuvens de fumaça vindo de uma fogueira, provavelmente pertencente a esses homens, escondida nas proximidades.

Durand, o Capitão disse.

É o seu destino final?

Não.

Então, para onde?

Castroville.

Onde fica?

Quinze milhas a oeste de San Antonio.

É uma longa viagem.

Era grande a tentação de dizer *Não é da sua conta, seu bandido imundo e ignorante,* mas ele olhou para a garota, sorriu para ela seu sorriso enrugado e deu um tapinha em seus dedos, ainda firmemente agarrados no painel.

Ele disse: Esta garota era uma prisioneira dos Kiowas, recentemente resgatada, e vou devolvê-la a seus parentes lá.

Selvagens, disse o homem. Ele olhou para a criança, o cabelo duro de sujeira, os nós dos dedos esfolados e o vestido manchado de terra, carvão e gordura de *bacon* onde ela havia enxugado as mãos. Ele balançou a cabeça. Eu nunca vou entender por que roubam crianças. Eles não produzem as deles?

Fico tão perplexo quanto você, disse o Capitão.

O homem de barba negra disse: E os índios sabem tanto sobre sabão quanto um porco. Senhorita?, ele disse. Olhe aqui.

Ele procurou no bolso da calça *jeans* e encontrou um pedaço de caramelo salgado, meio derretido. Ele o estendeu, curvado na sela, sorrindo. Rápida como uma cobra, ela o arrancou da mão dele e desapareceu mais uma vez sob o painel.

Ah. O homem acenou com a cabeça. Eles voltam selvagens. Eu ouvi falar disso.

Os outros haviam contornado a charrete. Sentavam-se relaxados sobre as desgastadas selas e não se preocuparam em desembainhar o revólver ou a carabina. Obviamente, Johanna e o Capitão eram inofensivos.

O Capitão então compreendeu que eles não tinham ouvido falar do tiroteio de moedas do Brazos, em Carlyle Springs. Já tinham se passado dois dias, mas ele podia apostar que esses homens não iam muito além desta região. E o serviço telegráfico ainda era inexistente na maior parte do Texas.

Qual o seu lado? O homem de barba negra voltou-se para o Capitão. Sua entonação mudara. Em quem você votou? Davis ou Hamilton?

O Capitão agora sabia que a leitura das notícias em Durand seria um desastre, mas eles não tinham mais fundos e ainda teriam um longo caminho pela frente. A única outra coisa que poderia pensar em fazer era vender a charrete e seguir a cavalo. Mas suas costas e as articulações do quadril não eram mais as mesmas, e as longas distâncias a cavalo tornavam-se cada vez mais dolorosas.

Ele disse: Estou profundamente ofendido por você se atrever a perguntar em quem votei. O voto secreto é garantido. Sou um veterano da batalha de Horseshoe Bend e de Resaca de la Palma e não lutei para estabelecer uma desprezível ditadura sul-americana. Lutei pelos direitos dos ingleses nascidos livres.

Pronto. Isso deve confundi-los.

Entendo. O homem de barba negra considerava a resposta. Você é inglês?

Não, não sou.

Então isso não faz sentido, aqui.

Não importa, disse o Capitão Kidd. Você tem algum tipo de autoridade oficial para me parar? Estou prestes a perder a paciência.

Um dos outros, usando um chapéu bem alto, disse: Ninguém que votou em Davis pode entrar no condado de Erath.

Esta é uma decisão oficial da administração local?

O homem de barba negra sorriu. Senhor, ele disse, não há nenhuma administração local. Não há xerife. Os homens de Davis o expulsaram. Não há juiz, não há prefeito, não há comissário. Davis e o Exército dos EUA os expulsaram. Estiveram todos no Exército Confederado ou eram servidores públicos da Confederação, e isso bastou. Mas ele não vai mandar ninguém para substituí-los. Então, assumimos o trabalho.

Quem manda aqui somos nós.

O Capitão Kidd olhou para Johanna, que ouvia atentamente com os olhos azuis arregalados. Ele tocou os dedos dela. Quanto?

Uma longa pausa.

Ah, meio dólar serve.

Catorze

Eles entraram no pátio de descarga de um grande moinho de vassouras e ripas de madeira às margens do rio Bosque. Havia álamos ao longo do rio, e suas pequenas e jovens folhas tremiam mesmo sem vento e pingavam água da chuva como cabeças de alfinete. Era o primeiro álamo que ele via em muito tempo. O Bosque era raso, e eles não tiveram problemas com a travessia.

A roda que movia as máquinas girava e derramava no rio magotes de água brilhante. Um homem ergueu os olhos enquanto trabalhava. Ele estava sentado ao lado de uma máquina de fazer vassouras, em meio a um amontoado de feixes de milho. Ao lado dele, cabos empilhados. Ele e suas vassouras ocupavam um grande e cavernoso galpão, aberto nas laterais e com cobertura de telhas que dava alguma proteção contra o sol e a chuva. O céu estava coberto de nuvens baixas. As galinhas andavam de um lado para o outro, examinando o mundo com olhos amarelos e calmos.

O Capitão perguntou se eles poderiam abrigar-se ali durante a noite.

O homem disse: Aqui não é hotel.

Entendo, disse o Capitão Kidd. Mas não posso pagar um agora.

Existe pátio de carroças.

Parece mais seguro aqui. Eu estou com uma criança, veja. Posso oferecer quinze centavos pela noite. O Capitão se inclinara para a frente e encarava o homem com o olhar de um velho falcão.

Eu não preciso disso.

De quanto você precisa?

Cinquenta centavos. Você vai querer usar a bomba d'água e dar um pouco de forragem aos cavalos, além desses restos de madeira para cozinhar e um pouco da minha palha para dormir.

Meu Deus, disse Kidd, com espanto. O quilo do algodão não chega a dezessete centavos.

Não vou comprar algodão.

O Capitão Kidd se voltou para Johanna. Minha querida, ele disse. Passe os centavos.

Ela se jogou sobre a caixa de tiro e encontrou um cartucho de espingarda, abriu-o e despejou o dinheiro.

O Capitão Kidd se lavou o melhor que pôde, limpou o corte sobre o olho com um pano úmido. Espalhou mais um pouco do pó cinza para feridas. Em seguida, tentou mostrar a Johanna, com os ponteiros do relógio, quando estaria de volta. Ela olhou para o mostrador atentamente e colocou a ponta do dedo no cristal, primeiro sobre o ponteiro das horas e depois o ponteiro dos minutos, e seus olhos se moviam junto com o ponteiro dos segundos, saltando para a frente como um inseto.

Tempo, disse ele. Duas horas.

Holas, *Kontah*.

Quando a mãozinha estiver nas três, estarei de volta.

Então ele colocou o relógio na palma da mão dela. Estava quase convencido de que ela entendera.

Ele colocou mais moedas no bolso de seu velho casaco de lona e caminhou para a cidade. As bordas dos bolsos do casaco estavam escuras de sujeira. Em breve teria que jogar o casaco fora e comprar outro. Quando ficasse rico. Durand tinha uma rua principal e calçadas de tábuas. Fora isso, a cidade se espalhava entre os bosques e as pequenas colinas. Tufos brancos, caídos dos álamos, cobriam as ruas como algodão sedoso e se acumulavam em todas as esquinas.

Primeiro, ele conseguiu um espaço de leitura no novo edifício de comércio. Era longo e estreito, com caixas de vidro cheias de facas, pastorinhas de porcelana, talheres e lenços. Nas paredes, prateleiras de camisas e suspensórios. Mais atrás estavam sapatos e botas feitos à mão, jaquetas de trabalho e peças de tecido. As roupas íntimas masculinas e femininas estavam certamente escondidas sob os balcões. Era bom o suficiente. O homem aceitou seu dólar em moedas.

Afixou os panfletos por toda parte e foi seguido por moleques de suspensórios e chapéus de palha, alguns com sapatos, subindo e descendo as ruas sujas de Durand. O Capitão avisou que o deixassem em paz ou ele torceria o nariz deles. Perguntou ao garoto mais alto se ele conseguia ler a nota.

Eu conseguiria, se quisesse, disse o menino. Mas não quero.

Um homem de pensamento independente, disse o Capitão. Está escrito que vou serrar uma mulher ao meio esta noite. Uma mulher bem gorda.

Eles ficaram para trás, intrigados, e ele seguiu em frente.

Pregou seus panfletos no estábulo, na escola, na loja de alimentação e provisões para homens e animais, no armazém de lã, no depósito de madeira, cheio de postes de cedro, no fabricante de carroças e na oficina de couro. Entregou um panfleto a um homem de casaco preto e colete, calçando modestos sapatos pretos de botão lateral.

O homem usava uma bengala com cabeça dourada. Ele olhou para as botas de montaria do Capitão. Elas eram bem feitas e o aparentavam.

Muito bem, disse o homem, erguendo o chapéu. Ele leu o panfleto.

Notícias. Temos tão pouco disso. Você veio de Dallas?

Vim.

E como estão os nomeados de Davis?

O Capitão Kidd sentiu o perigo, mas teve que responder. Não tenho ideia, disse ele. Simplesmente comprei meus jornais, os mais recentes vieram do leste.

Então você vai ler o *Daily State Journal*?

Não vou. É mera propaganda.

Meu senhor!

É opinião pura. Recuso-me a ser um porta-voz não remunerado dos poderosos de Austin. O Capitão Kidd não conseguia se conter, nunca tivera aptidão para isso, e agora era tarde demais para mudar. Ele disse: Entenda uma coisa; eu leio sobre acontecimentos. Acontecimentos de lugares tão distantes que às vezes podem, de fato, parecer contos de fadas. Se você não se interessa por esse tipo de coisa, então fique em casa. Ele se mantinha em pé ao lado do homem, com a postura ereta, mantendo a dignidade, apesar do casaco puído e do velho chapéu de viagem.

O homem disse: Sou o Dr. Beavis, Anthony Beavis, e não acho que o *Daily State Journal* ofereça contos de fadas. Na verdade, é uma contribuição valiosa para os debates atuais.

Não disse que oferecia contos de fadas, doutor. O Capitão ergueu o chapéu. Antes fosse. Bom dia para o senhor.

No moinho, Johanna ocupara-se das tarefas domésticas. O homem que fazia as vassouras olhava de soslaio para os cobertores pendurados e os arreios arremessados sobre as laterais da charrete e o feijão preto e *bacon* fervendo no pequeno fogão. Ele olhava intrigado para as *Águas Curativas* em letras douradas e para os buracos de bala. Avisou o Capitão que a menina levara os cavalos para pastar nas margens do Bosque.

Há algo errado com aquela garota, ele disse.

E o que seria?, disse o Capitão Kidd. Ele se sentou na traseira da charrete com a pilha de jornais e um lápis grosso. Escolheu artigos diferentes dos que havia lido em Dallas. Algo mais tranquilizador. Ele tinha as folhas da

Associated Press com notícias das inundações ao longo do Susquehanna e dos títulos de ferrovias sendo vendidos em Illinois para financiar os trilhos de Burlington e Illinois Central. Certamente ninguém poderia opor-se a ferrovias. Ele tinha o *Times* de Londres e o *Evening Post* de Nova Iorque, e o *Inquirer* da Filadélfia, o *Daily News* de Milwaukee (que o Capitão chamava, bem-humorado, de "notícias de queijos e noruegueses", dois símbolos da cidade), a revista *Harper's Weekly*. Tinha também a revista escocesa *Blackwood's* e, claro, a inglesa *Household Words,* que estavam desatualizadas, mas que serviam para qualquer época e lugar. Nenhuma delas mencionava Hamilton ou Davis ou o sufrágio dos negros no Texas ou a ocupação militar ou a Política de Paz.

O Capitão Kidd tinha esperança de deixar Durand com suas finanças renovadas e sem furos de bala. Era o que precisava fazer. Johanna não tinha ninguém além dele. Nada entre ela e este mundo perverso dos brancos que ela nunca entenderia. O Capitão Kidd ergueu os olhos e considerou as galinhas com inveja – tão idiotas, tão estúpidas, tão desinformadas.

Bom, para começar, ela não fala inglês.

O homem tinha um cabo de vassoura encaixado na máquina e o girava enquanto amarrava os cachos úmidos de milho. O idiota ficava ali sentado, fazendo isso o dia todo, e se considerava um linguista porque o inglês escorria-lhe da boca sem esforço, como água vazando de um cérebro furado.

E daí?

Bom. Ela parece inglesa.

Não diga.

O Capitão Kidd traçou linhas grossas em torno de vários artigos do *Inquirer*. Devo ter cuidado aqui. A Filadélfia lembrava os Quakers, e os Quakers lembravam a Política de Paz, que estava matando gente no norte do Texas e até mesmo neste extremo sul do Rio Vermelho. Escolheu um artigo de variedades, escrito de maneira delicada, sobre patinação no gelo em Lemon Hill, em algum lugar escondido da Filadélfia.

Acredite se quiser, eles fizeram fogueiras neste gelo e as mulheres patinam sobre ele, balançando suas saias. Estão seguros e a vida é tranquila, o gelo é firme e os mantém acima das profundezas sinistras e letais.

Bom, o que ela é, então?

O rosto do homem era largo e fundo, como uma terrina de sopa. Galinhas bicavam seus pés. Aqui Penélope, aqui Amélia, dizia ele, em tons doces e receptivos. As galinhas bicavam as sementes de milho direto da mão dele. O Capitão Kidd ergueu os olhos com irritação. Ele estava tentando cuidar de uma menina semisselvagem e afastar criminosos que a sequestrariam com os propósitos mais terríveis e, ao mesmo tempo, ganhar dinheiro suficiente da única maneira possível, para que eles pudessem comer e viajar e, ainda por cima, evitar os confrontos políticos brutais dos texanos. Uma missão difícil.

Por que você não cala a boca e cuida de suas vassouras?, Kidd disse. Não perguntei o nome da sua mãe, perguntei?

Ouça aqui, disse o homem.

Poupe-me, disse o Capitão.

Ele abriu o *Blackwood's*. Fechou os olhos brevemente e tentou se acalmar. Foi quando, do outro lado da cerca que fechava um dos lados da fábrica de ripas, ele ouviu gritos. Cerrou os olhos por mais um instante. O que foi agora, o que foi agora. Era um fluxo contínuo e agudo das palavras tonais de Johanna, e uma mulher gritando em inglês. Vinha da direção do Rio Bosque. Ele atirou o lápis no chão e agarrou um cobertor, pois já imaginava o que estava acontecendo.

Johanna estava na parte rasa do rio, em um pequeno canavial, nua, exceto pelo espartilho velho e esfarrapado e pelas calças de baixo caídas que uma das senhoras em Wichita Falls lhe dera. Uma mulher com um balde de madeira na mão a perseguia. Elas corriam sobre as pedras da beira, ambas jogando água para todo lado. Johanna se atirou em um buraco fundo perto de uma pequena corredeira, gritando com a mulher. Mechas escuras de seu cabelo molhado caíam sobre o rosto, e só se via a fileira de dentes brancos inferiores enquanto gritava. Ela estava invocando a magia de seu espírito guardião e, se tivesse a faca de cozinha entre as mãos, ela a teria enfiado naquela boa mulher de Durand.

Não aceitamos isso aqui!, a mulher gritava. Ela estava na água até os joelhos, e as saias de seu vestido ondulavam na corrente como balões. Ela era jovem, estava devidamente vestida e muito indignada. Não é permitido tomar banho sem roupa aqui! Ela tirou o chapéu e bateu com raiva na própria coxa. Os grandes carvalhos suspiravam exasperados, e da cidade vinha o som de canto coral – quarta-feira, dia de ensaio.

Senhora, disse o Capitão Kidd. Ele vira a aliança de casamento. Por favor. Ela estava apenas se banhando.

Em público!, a jovem gritou. Sem roupa!

Não totalmente, disse o Capitão Kidd. Ele entrou na parte rasa do Bosque, de bota e tudo, e jogou o cobertor em volta da menina. Acalme-se, disse ele. Ela não conhece os costumes.

Do outro lado do rio ficava o pátio das carroças, onde os transportadores acampavam, e vários condutores tinham aparecido para observar, apoiando-se nas caixas das carroças. Nos rostos, sorrisos e sombras das folhas.

O Capitão Kidd disse: Ela era prisioneira. Prisioneira dos índios.

Não permitimos isso aqui, disse a jovem. Ela segurou a alça do balde de corda com as duas mãos. Não importa se ela é uma hotentote. Não me importo se é Lola Montez. Ela estava desfilando seus encantos lá no rio como uma vadia do Dallas.

O Capitão Kidd conduziu Johanna para fora da água. Ele disse: Vou devolvê-la à gente dela por contrato com o agente Samuel Hammond do Forte Sill. Assuntos oficiais de governo, Departamento de Guerra.

Soluçando, Johanna se encostou nele, com os tornozelos ainda mergulhados na água verde do Bosque. Ele disse: Foi arrancada cruelmente dos braços de sua mãe com a tenra idade de seis anos, sua mãe teve o cérebro esmagado diante de seus olhos, passou fome e sofreu tantos maus-tratos que até esqueceu sua própria língua e a modéstia dos povos civilizados. Os sofrimentos dela foram indescritíveis.

A jovem parou e ficou em silêncio. Finalmente ela disse: Bem. Mas ela deve ser ensinada. Deve aprender com toda a convicção. Sobre modéstia durante o banho.

Johanna cobriu os olhos com as mãos. Ela só conseguia pensar em sua mãe Kiowa, Três Manchas, na risada de sua mãe e naquela vez em que todos haviam mergulhado nas águas claras do Riacho Cache, nas montanhas de Wichita, e gritado e se atirado de costas na água, enquanto lá em cima da encosta da montanha um grupo de rapazes tocava tambor para se divertir. Elas eram quatro, cinco garotas com fios de contas vermelhas nos cabelos, divertindo-se nas correntes claras. Ela chorava por eles e por aquelas montanhas, como um estranho adulto chorando com as mãos abertas e a cabeça baixa. Chorava por todas as suas terríveis perdas, que de repente voltaram para ela de modo doloroso e feroz.

Bem, lamento ouvir isso, disse a jovem. Sua voz ficou mais suave. E, depois de um momento, curvou-se na direção de Johanna e disse: Minha querida, sinto muito.

Deixe-a em paz, disse o Capitão com voz rígida. Ele ergueu o chapéu para a jovem e pegou a mão de Johanna. E, se você fosse cristã de verdade, encontraria sapatos e roupas para essa garota, para ajudar em sua jornada.

Voltaram para a charrete, as botas cheias de água fazendo barulho, Johanna enrolada no grosso e encharcado cobertor, com as roupas de baixo amontoadas nas mãos, descalça, magoada, zangada, desesperada.

Por volta das oito horas estava escuro em Durand, e ele se certificou de que ela estava deitada na charrete, vestindo a camisola e com a lanterna acesa. Ela cantarolava uma canção lenta e reconfortante para si mesma. Sentou-se enrolada no *jorongo*, ao qual se apegara, e assumiu a tarefa de costurar a borda puída do cobertor de lã cinza. Mergulhara a camisa dele, manchada de sangue, em água salgada. O Capitão voltou a uma das baias e tirou as botas e as esporas, vestiu as roupas de leitura, vestiu o lenço preto e fez a barba.

Beikon, ela ergueu os olhos quando ele saiu. *Haina beikon.*

Muito esperto da sua parte, disse ele. Vou mesmo trazer o *bacon* para casa. Ele colocou seu portfólio debaixo do braço. Vou surpreender os cidadãos com minhas leituras informativas sobre os hotentotes, Lola Montez e as ferrovias de Illinois. Eles derramarão prata e ouro aos meus pés e não teremos apenas *beikon*, mas também ovos. Que tal? A primeira coisa que faremos amanhã é gastar nos estabelecimentos locais.

Ele inclinou a cabeça e a olhou com preocupação e ternura. Sua pequena guerreira explodia facilmente em lágrimas e, em seguida, já estava cheia de energia e bom humor. Crianças eram assim. Que se mantenha sempre assim. Ele arrumou seu lenço preto e ajustou os punhos da camisa. Ela acenou com a cabeça e ergueu de leve as sobrancelhas loiras, ainda empoeiradas, como num rápido sorriso. Suas sardas pareciam mais escuras à luz do lampião.

Ele gostaria de beijá-la na bochecha, mas não tinha ideia se os Kiowas se beijavam ou se avós Kiowas beijavam suas netas. Você nunca sabe. Culturas diferentes são campos minados.

Ele deu um tapinha no ar com um movimento suave.

Sente. Fique.

Quinze

O prédio comercial lotou cedo. Um soldado do Exército dos EUA, parado do lado de fora da porta, exigia que cada homem abrisse seu casaco e mostrasse que não carregava uma arma. Alguns carregavam. Eram ilegais, mas o sargento não dizia nada, apenas gesticulava em direção a um banco. Quando a sala ficou cheia, havia sobre o banco sete ou oito revólveres e um pequeno Sneaky Pete de dois tiros.

Homens e algumas mulheres sentavam-se em cadeiras duras de madeira ou ficavam apoiados nos balcões, mas impedidos de se encostarem nas vitrines por JD Allan, o proprietário. O Capitão Kidd não tentou ver os rostos da multidão, mas enxergava o público por cima da mesa enquanto arranjava seus jornais e as páginas da AP. Ele notou como os grupos se dividiam e se entreolhavam com olhares acusatórios. Sentados, inclinados, fumando, sem chapéu, entre os artigos de manufatura enviados de lugares distantes. Havia botas, sapatos, suspensórios, tintura de cabelo, botões e placas de ferro da Inglaterra. Balançando sobre eles, lampiões de querosene cobertos com cúpulas de tecido verde pendiam de correntes e, ao longe, ouviam-se estrondos ameaçadores de um trovão que parecia vir naquela direção. Era uma tempestade que vinha de muito além da fronteira do Texas.

Ele começou como sempre, com saudações ao estabelecimento e um breve comentário sobre as estradas. As pessoas sempre gostavam de ouvir os viajantes falar das condições das estradas. O Capitão disse que as estradas ao longo do Vermelho estavam boas, mas não poderia falar sobre o Pequeno Wichita, já que o cruzara há mais de uma semana, mas é possível que estivesse subindo novamente. A balsa do Brazos não estava operando; a travessia era molhada, mas as margens em ambos os lados estavam boas. A estrada do Brazos até aqui estava em boas condições. Ele fez uma pausa e alisou os papéis com a mão, esperando ouvir se alguém mencionaria uma altercação envolvendo armas de fogo, mas não era esse o assunto que ocupava a cabeça da maior parte de seus ouvintes.

Um homem sem chapéu se levantou e gritou: Se depender do Davis, haverá uma estrada pavimentada para a casa de cada um de seus comparsas na legislatura!

O Capitão ergueu a cabeça.

Silêncio!

Ele tinha uma voz forte para um homem de sua idade, mais de um metro e oitenta de altura e um ar imponente em suas roupas negras como um corvo e seus severos olhos escuros, além de um cabelo prateado que brilhava como a lua. Os aros dourados de seus óculos de leitura brilhavam enquanto ele olhava para a plateia. A sala comprida e estreita cheirava a problemas. Ele disse: Senhor, as pessoas aqui reunidas não pagaram um bom dinheiro para ouvir suas reclamações. E suspeito que elas já as tenham ouvido antes.

Risos.

O Capitão Kidd pigarreou, ajeitou os óculos e tirou para ler o *Inquirer* de Lemon Hill. Passou pelas páginas do *Tribune* e de suas notícias sobre ferrovias, lendo sem parar, como uma máquina em moto-contínuo, até que um homem gritou:

Por que não lê o *Tri-Weekly Union* de Houston? Hein, senhor?

Outro homem se levantou. Porque esse maldito jornal é do Davis, e eles são todos ladrões sem-vergonha!

Eles são republicanos! Leais à União!

Outro homem gritou: E daí? Foram doutrinados por agitadores profissionais!

Cavalheiros!, Capitão Kidd gritou.

O silêncio veio a contragosto, e os três homens se sentaram lentamente, olhando uns para os outros.

Ele não tinha muito tempo. Leu rapidamente, folheando os jornais, contando sobre lugares distantes e climas gelados, sobre relatos de revolução no Chile, tentando trazer a eles uma magia distante que não fosse apenas surpreendente, mas verdadeira. Leu sobre os distúrbios no Punjab em relação ao censo e à privacidade feminina; eram imagens de um suposto mundo repleto de ferrovias e de modernidade enfrentando antigos ódios tribais.

As tulipas – ele leu rapidamente – há muito tempo guardadas na Turquia – bulbos confiscados em bolsas diplomáticas – agora menos valiosas que as cabras angorás da região de Ancara – cabras angorás contrabandeadas a bordo do *Highland Star...*

Davis vai fechar o *Dallas Courier* com o projeto de lei sobre impressão! gritou um loiro baixinho. Duzentos mil dólares em impostos para distribuir aos jornais radicais!

Dois homens se levantaram e ficaram cara a cara, gritando sobre o traidor Hamilton e o corrupto Davis enquanto outros tentavam separá-los. Ao ficar claro que eles pretendiam mesmo se engalfinhar, aqueles que os separavam tentaram primeiro não ser atingidos, mas acabaram, finalmente, envolvendo-se nas mesmas paixões. As mulheres agarraram suas saias com as duas mãos e saíram do prédio, várias delas recolhendo as armas de seus maridos ou pais ou irmãos do banco do lado de fora e as levando embora.

O sargento do Exército dos EUA ouvia os gritos sobre o regime militar e a corrupção de Austin e a Lei de Impressão, mas ficou onde estava.

A troca de socos levou a golpes de cadeira e, em seguida, à quebra de uma vitrine, que, por sua vez, trouxe a confusão generalizada. A lata de moeda foi virada, e o dinheiro, pisoteado. Os lampiões de querosene pendurados no teto balançavam para a frente e para trás, as pessoas pisoteavam as cadeiras e faziam balançar as paredes. Um homem quebrou um bom prato comemorativo na cabeça de outro. Um baixinho tirou o cinto e começou a girá-lo no ar com fúria. No final, os dois principais combatentes, que eram o dono do hotel e um professor – um jovem de cabelos mal cortados e pálidas bochechas cheias de acne, mas um lutador determinado –, seguiram agarrados e se espancando porta afora e rua abaixo.

Todos os seguiram.

O Capitão Kidd permaneceu por alguns momentos no púlpito. Apoiou o queixo nãos mãos e examinou os destroços. Dobrou seus jornais, os colocou-os no portfólio e soltou um longo suspiro. Era muito mais fácil no Rio Vermelho, concluiu, onde você só tinha de lidar com Comanches, Kiowas e, às vezes, o Exército dos EUA.

Além disso, no norte do Texas estava a Sra. Gannet.

Ele caminhou por entre as cadeiras viradas e viu as moedas prateadas jogadas nas tábuas do chão. Era humilhante, mas ele teria que ficar de quatro para recolhê-las. Ele não o teria feito se não fosse por Johanna. Ele teria dito: *Podem ficar com elas, seus idiotas* e teria ido embora.

O sargento do Exército sumira da porta. Gordas gotas de chuva respingavam na rua de terra. Lá fora, ainda se ouviam os gritos dos homens, xingando uns aos outros, e algumas vozes pacificadoras tentando argumentar *Escutem aqui, agora chega...* O Capitão se ajoelhou e começou a recolher as moedas.

O senhor não deveria ter que fazer isso.

Era o homem de barba preta curta que o parara na estrada.

Não, não deveria, disse o Capitão Kidd. Mas aqui estou, fazendo isso.

O homem puxou uma cadeira intacta e a indicou ao Capitão com um movimento de mão. O Capitão sentou-se agradecido, com dor nas juntas dos quadris, e o próprio homem começou a recolher todas as moedas.

Meu nome é John Calley, disse o homem. A mão grande e calejada despejou as moedas de volta na lata. Disse: Não deveríamos ter levado seu dinheiro esta manhã na estrada. Estou arrependido.

O Capitão assentiu e pressionou as pontas dos dedos contra os olhos. Ele disse: Você estava em más companhias.

Aqueles eram meus primos e meu irmão.

Ainda assim.

É, ainda assim.

O Capitão Kidd pensou sobre a idade que aparentavam os companheiros, primos e irmão do homem, e disse: Eles estiveram na guerra.

Eu também.

Ah, disse Kidd. Você era jovem.

Não, senhor, eu tinha dezessete anos.

Isso é jovem.

O Capitão esquecera que ele próprio comemorara seu décimo sexto aniversário na batalha de Horseshoe Bend, atirando nos índios *Red Sticks* com um rifle Kentucky de cano longo. Ele observou as moedas caírem na lata, uma após a outra.

Ele disse: Você deveria abandonar parentes rebeldes e atividades ilegais.

Difícil dizer o que é ilegal hoje em dia. John Calley avançou para as prateleiras de suspensórios e botões de colarinho em cartões. Ele agora vestia calças escuras bem passadas e uma espécie de fraque, uma camisa branca como a neve com um colarinho alto e uma gravata. A roupa estava gasta, mas limpa. Sua barba escura estava mais curta, bem aparada. O Capitão notou que ele usava boas botas, com um par de boas esporas. Calley olhou para a prateleira e disse: Bom, que se dane, tem uma aqui em cima. Ele pegou a peça de dez centavos em seus dedos grossos, delicadamente. E disse: Claro que deveria. Mas as coisas mudam a cada semana. Ele despejou o dinheiro na lata. A situação legal é muito instável. Títulos de terra, tudo.

O Capitão percebeu que John Calley vestira suas melhores roupas para mostrar ao Capitão que ele não era, de fato, um bandido ignorante e imundo, mas um homem educado. Um homem sério. Ele queria o respeito do Capitão.

O Capitão limpou os óculos lentamente no lenço. Você não está pensando em estudar direito, está? ele disse.

Oh, Deus, não! John Calley segurava a lata. Estou procurando um trabalho honesto.

Já é um progresso, desde que nos encontramos pela primeira vez.

Concordo. Calley corou um pouco nas maçãs do rosto. Mas e se alguém fosse estudar direito, por onde começaria? Em algum lugar deve existir a base de tudo.

O Capitão Kidd declamou: Foi decidido pelas autoridades que a lei deve ser aplicada da mesma forma ao rei e ao camponês, deve ser escrita e colocada na praça da cidade para que todos possam ver, deve ser escrita de forma simples e na linguagem do povo comum, caso o povo se canse de seus fardos.

O jovem inclinou a cabeça na direção do Capitão com uma expressão estranha no rosto. Era uma espécie de desejo, uma espécie de esperança.

Quem disse isso?

Hamurabi.

O Capitão Kidd sabia que o melhor seria partir imediatamente, à noite, como haviam feito antes. Mesma situação de Dallas. Ele recolhera seu provento pela leitura, mas nenhum dos estabelecimentos de Durand estava aberto e, se ele batesse na porta do proprietário para comprar munição .38, a notícia se espalharia logo e suspeitariam de que ele estava prestes a atirar em alguém do partido oposto, qualquer que fosse o partido. Ele tinha oito balas sobrando para o revólver, além de chumbinho, vários quilos de pólvora e um estoque de moedas. Teria que ser o suficiente.

Nas margens do Bosque, à luz fraca das velas, ele recolheu Paxá e Bela. A chuva tinha diminuído, mas ainda pingava da aba de sua cartola de seda, que pesava sobre sua cabeça como um pano molhado. Ele patinou pela grama molhada chamando os cavalos em voz baixa. A pequena Bela parecia deliciar-se com seu sino, que tilintou quando ela ergueu a cabeça. Os cavalos estavam descansados e bem fornidos com a grama nova da primavera. Ele os conduziu para dentro. No moinho de ripas, ele vestiu suas velhas roupas de viagem à luz do lampião. Perguntava-se quantas velas teriam sobrado. O silêncio e as sombras rendadas que a vela projetava, através do anteparo de estanho intrincadamente perfurado, eram reconfortantes. Ele comeu uma refeição rápida de feijão preto e *bacon*.

Ele chamou baixinho: Johanna, Johanna.

Kap-tan!

Ela pulou da carroceria, jogando de lado os cobertores em um gesto dramático. Estava de camisola, tinha feno no cabelo e um emaranhado de tecidos nas mãos. Vocês olha aqui, ela disse.

O Capitão voltou-se para ela com um sorriso. Ela ainda não distinguia a segunda pessoa do plural e do singular, mas melhorava a cada dia.

Shhh, ele disse. O quê?

Eu *vistito*, eu *sai*, eu *cauça*, eu *mea*! Kap-tan, olha! Ela estendeu uma barra de sabão.

Shhh, sim, excelente. Quem lhe deu isso?

Ela colocara todas as suas roupas de segunda mão em uma pilha organizada no fundo da charrete e agora olhava satisfeita para elas. Senhora água malvada, ela disse.

Bom, bom, agora vá se vestir, temos que ir embora.

Parece, então, que a jovem que tentara arrastar Johanna para fora do Bosque fora tocada pela consciência cristã e conseguira roupas para a garota; um vestido xadrez em amarelo e vermelho, uma jaqueta verde-escura, roupas de baixo, meias e sabonete. Ele passou as bainhas e bordas entre os dedos, olhou para todos os botões; bem costurados e apertados. Era difícil achar roupas hoje em dia, e estas eram de alta qualidade. Ótimo. Consciências pesadas produzem bons resultados, em geral. A menina agora tinha três vestidos e muitas roupas íntimas. Ela não encontraria seus parentes suja e maltrapilha. O pensamento deu-lhe uma leve e aguda dor no coração.

A tempestade havia praticamente passado. O céu clareava. Colocou as travas dos cavalos no bolso do velho casaco de trabalho e, no pátio, pôs Bela entre as varas e jogou os arreios nas costas dela. As letras douradas brilhavam ao luar.

Johanna embrenhou-se no galpão e voltou carregando alguma coisa embrulhada em estopa, mas o Capitão estava apressado demais para pensar naquilo e por isso apagou logo o lampião, subiu ao banco do condutor e virou a pequena égua e a charrete com sua roda barulhenta. Saíram silenciosamente da conflituosa, briguenta e contenciosa Durand, para a escuridão de uma noite de início de primavera no Texas, enquanto os bacurais se moviam e cantavam suas canções baixas e guturais. Eles voavam baixo, como corujas, e refletiam a luz das estrelas em suas costas. Às onze da noite, enquanto todas as pessoas decentes estavam na cama, eles desciam a estrada iluminada pelo luar em um trote constante, onze milhas por hora, *bang, bang, bang,* com Paxá trotando atrás. O Capitão não sabia o que viria a seguir, qual cidade, qual condado, quais novos problemas.

Johanna foi ao fundo da charrete, pegou o pacote de estopa e voltou ao assento do condutor, ao lado do Capitão.

Sentou-se ao lado dele e abriu o pacote.

Cafe-da-maná!, ela gritou.

Oh não, Johanna, não.

Duas carcaças de galinha com penas ensanguentadas e sem cabeças estavam em seu colo. Eram Penélope e Amélia. Mortas. Mais mortas do que John Wilkes Booth, o assassino de Lincoln. Johanna estava encantada. Torcera suas cabeças e as estripara e ainda conseguira retirar de uma delas um ovo não posto, que ela puxou das entranhas da pobre galinha.

É bom!, ela disse. E deu um tapinha no braço dele com a mão pegajosa. *Cafe-da-maná.*

Ele conduziu por alguns momentos com os olhos fechados.

Era tarde demais para voltar e pagar o desagradável homem das vassouras. Tarde demais para se desculpar, tarde demais para deixar dinheiro e reembolsar aquela criatura rabugenta. A partir de agora, em Durand, o Capitão não seria mais considerado apenas um homem de Davis, mas também um reles ladrão de galinhas. Ele não sabia o que era pior. O Capitão bateu com a mão na testa. Uma terrível perda de *status* no mundo. No mundo dele. Perder a reputação e a consideração de nossos semelhantes é, em qualquer sociedade, da Islândia à Malásia, um terrível golpe para o espírito. É pior do que ficar sem um tostão e mais cortante que uma lâmina inimiga.

O Capitão disse, com uma voz serena, na qual conseguiu injetar um tom animado: É verdade! Criança inteligente! Agora nós tomamos café da manhã.

A noite estava fria, e ele sentia isso nos ossos e em filetes gelados que corriam em suas bochechas. Percebeu que eram lágrimas, causadas pelos problemas que a aguardavam. Pelos anos em que ficaria trancada entre paredes e telhados, e pelas regras peculiares contra o roubo de galinhas. Ele ainda estava cansado. Esgotado. Ela estava ocupada, embrulhando as carcaças e cantando. Ela não entendia os animais como propriedade privada, exceto os cavalos. Os cavalos pertenciam a uma pessoa, todo o resto era jantar. Ela não hesitaria em colocar uma bala em um novilho ou um cabrito. Em sua imaginação, ele a via entrar no pátio dos Leonberger, arrastando triunfantemente um potro sem cabeça para agradar seus parentes desconhecidos.

Ela ergueu a cabeça e o viu enxugar as lágrimas do rosto.

Oh Kap-tan, ela disse em tom tristonho. Ela estendeu a mão e enxugou as lágrimas com as pontas dos dedos duros e calejados. Seus dedos estavam pegajosos de sangue e havia penas presas neles. Sob o luar, parecia que um anjo caía sobre seu casaco.

Me deixe em paz, Johanna.

Fomi, ela disse em um tom decisivo. *Kontah fomi*.

O avô estava com fome, o problema era esse, ele estava com fome, e ela logo prepararia um frango assado com ovo cozido na caixa torácica.

Ele disse: Os velhos choram facilmente, minha querida. Uma das aflições da idade.

Vocês fomi. Ela deu um tapinha no cadáver da galinha. Tudo bem Cho-henna?

Sim, disse ele. Está tudo bem.

Dezesseis

Eles continuaram pela estrada, agora a Lampasas, tendo deixado Durand para trás, e o sol aparecia vermelho como sangue num céu cada vez mais claro. A região era alta e plana, com poucas mudanças na paisagem. Estavam expostos. Eram a única coisa que se movia naquele mundo horizontal. Eles chegaram a Cranfills Gap e passaram a noite perto do rio Leon, em um acampamento que parecia ser frequentado por comboios de carroças cargueiras, com marcas estreitas e profundas de rodas além de uma fogueira apagada e pedaços de terra onde parecia ter sido jogado um balde de água suja. Ele esperava que alguém parasse ali para poder pedir notícias de Britt, mas ninguém apareceu. Eles soltaram os cavalos para que procurassem alguma grama nova que a tropa anterior não tivesse comido.

Comeram o frango assado e dormiram pesadamente. Ele sonhou com um homem armado que surgia das sombras e trazia consigo um cheiro nauseabundo; ele vinha do rio Leon, meio anfíbio, não inteiramente humano. O Capitão saltou e agarrou o casaco onde embrulhara o revólver, mas parou a tempo. Isso sempre acontecia com ele depois de algum conflito.

Primeiro no Brazos e depois em Durand. Os sonhos voltavam a alcançá-lo. Ele os conhecia há muito tempo. Maria Luisa aprendera a deslizar para fora da cama, ficar a vários metros de distância e dizer, sem parar, Jeff. Jeff, querido. Jeff. Ele então emergia de algum sonho terrivelmente real no qual lutara pela própria vida, às vezes nas batalhas das quais participara, às vezes em ruas destruídas de uma cidade bombardeada, onde a luta fora de casa em casa como em Monterrey.

Talvez fosse algo assim que transformava para sempre as crianças cativas; a violência que suportaram ao serem capturadas, a morte dos pais. Talvez penetrasse em suas mentes jovens e permanecesse lá, invisível e não reconhecida, mas muito poderosa.

Ele não tinha mais quem o acordasse com uma voz suave. Ele largou o casaco enrolado, fechou os olhos e se acalmou, deitou-se e voltou a dormir.

Durante todo o dia seguinte, eles permaneceram no acampamento, e ele passou a maior parte do tempo dormindo sob o toldo. Em seguida, dirigiram até Cranfills Gap para comprar, na única loja do local, suprimentos e uma pequena barrica de água de vinte e cinco galões. Encheram-na e seguiram em frente.

Fizeram trinta quilômetros no dia seguinte, um dia inteiro de uma boa viagem. A estrada era plana, o chão tinha uma consistência arenosa firme, e Bela estava bem repousada. O Capitão se sentia muito melhor. Suas aulas de inglês continuaram. Ela agora podia contar até cem e amarrar os sapatos, quando ele conseguia convencê-la a calçá-los e cantar a primeira estrofe de "Hard Times". Ela conseguia dizer as horas e os minutos no relógio dele. Ela estava cheia de energia e de frango assado. É *hola, Kontah*! É *hola*, é *hola*. Ela se levantou no banco do condutor e fez a Dança do Coelho, a dança das crianças Kiowas, e, quando ele finalmente pediu que parasse, ela pulou, correu para dentro da charrete e encontrou a tampa de uma lata de pomada com a imagem de uma abelha e passou a imitar zumbidos enquanto fazia a tampinha voar para cima e para baixo.

No caminho, passaram por apenas duas carroças de fazenda e outra companhia de cavalaria. Os cavaleiros estavam sendo transferidos de San Antonio para Fort Sill, e o major lembrou ao Capitão que tomasse cuidado. Havia salteadores, disse ele, na região montanhosa.

Por que você não faz algo a respeito, então?, disse o Capitão.

Seguimos ordens, senhor. Não podemos apenas vagar e fazer o que quisermos. O major apertou os calcanhares no cavalo e foi em frente. Johanna sentou-se em silêncio no banco de trás e ficou olhando enquanto seguiam para o norte.

Acamparam perto da cidade de Langford Cove. Ele se sentia totalmente recuperado.

Em Lampasas havia uma grande fonte de água boa. Ele havia passado por lá várias vezes. Seria um bom lugar para sacudir os cobertores e descansar. Eles estavam agora em uma região alta e plana, onde as árvores eram escassas, e o mato, todo cheio de espinhos e folhas novas.

Quatro anos antes, ele subira esta estrada para o norte do Texas. Foi um ano depois da morte de Maria Luisa. Ele se mudara da graciosa cidade espanhola de San Antonio, com seus edifícios de pedra de dois andares, suas ornamentadas varandas de ferro fundido, e os telhados de ardósia. Todas as velhas casas espanholas ficavam de costas para o rio. Os donos das casas registraram cuidadosamente sua descendência desde os colonos vindos das Ilhas Canárias em 1733, os Betancorts, os Reales, e recolheram-se atrás das belas janelas de madeira. Recolheram-se no frio dos pisos ladrilhados. Nos gestos de leques e mantilhas e na missa matinal em San Fernando, cada vez mais tomadas por católicos alemães e católicos irlandeses, pessoas com línguas incompreensíveis. A Espanha, Filha da Luz, Defensora da Fé, Martelo dos Mouros, tristemente enfraquecida.

Ele se lembrou de excursões ao rio, as meninas tão parecidas com a mãe com seus olhos cinzentos e seus cabelos escuros e encaracolados, os barcos que passavam oferecendo melões. Os imensos ciprestes, um deles saindo do rio e subindo trinta metros de altura. Memórias alegres.

Quando a conheceu, montava sua própria gráfica na Plaza de Armas, manejando tinta e tipos, profundamente envolvido no processo de gravar palavras no papel. Ele podia ler os tipos no componedor de trás para frente, sabia pelo som da platina se a impressão seria boa ou não. Ele conhecia as tintas e os papéis. Deliciava-se com essas mensagens perfeitamente impressas para o mundo, mesmo que não as levasse pessoalmente.

De que adiantava uma cidade linda como aquela se ela não estava mais lá? Ele virou o rosto para o céu, esforçando-se para clarear a cabeça. Partira para nunca mais. Estranhamente, era isso que o incomodava. Nem uma palavra, nem um sinal, nenhuma mensagem do Outro Mundo. Ou talvez houvesse sinais e ele não os enxergasse. Observou duas águias carcará planando com suas asas negras de pirata, capuzes vermelhos e coletes brancos, e ouviu Johanna cantando "Hard Times": *É a canção e o suspilo dos casados...*

Cansados, ele a corrigiu, sorrindo.

Casado, Kap-tan, é *suspilo* dos casados.

Agora, estavam a apenas alguns quilômetros de Lampasas; ao redor deles, os arbustos eram duros como ossos. Suas folhas arredondadas vibravam com o vento. Nuvens de gelo, os cirros, apareciam ao norte como uma tempestade de areia congelada, véus de uma neblina alta vindos de regiões polares. Talvez sinal de mais tempestades.

Logo chegariam à região montanhosa, marcada por desfiladeiros profundos e altos penhascos, onde riachos claros cortavam camadas de calcário. A região facilitava os ataques de grupos Kiowa e Comanche, mas eles lidariam com isso quando chegasse a hora. Foram em frente. As rodas da charrete levantavam uma nuvem de poeira amarela e rosa. Por muito tempo, não viram nenhuma outra carroça além da deles.

Algum tempo depois, no entanto, encontraram uma senhora idosa em um cabriolé. Ele o enxergou de muito longe, uma forma escura e arredondada como um besouro que vinha às sacudidelas e que logo se revelou um veículo puxado pelas pernas trêmulas de um cavalo comprido e ossudo. Uma cobertura de fole elevava-se sobre as duas rodas.

Alguém, finalmente, ela disse, parando ao lado deles. Ela era esguia e pequena e usava um chapéu achatado de palha, propositalmente inclinado para o lado. Seu cabelo branco fora enrolado num coque atrás da cabeça, e ela usava luvas marrons e justas para conduzir o veículo.

Sim, e para onde a senhora vai?

Até Durand. Acho que consigo chegar em três dias. As pessoas tentaram me desencorajar dessa viagem, mas as ignorei. Tenho que acompanhar um processo.

Entendo, disse o Capitão. Vindo de...?

Lampasas.

Então a senhora vai me fazer um favor, por gentileza. Ele se abaixou para pegar sua bolsa de moedas. Eu ficaria muito grato se a senhora levasse essas duas peças de cinquenta centavos para o sujeito na fábrica de ripas em Durand. Aquele que faz as vassouras.

Aquele animal, ela disse. O que quer que esteja pagando, ele não merece. Estou quase decidida a recusar.

Eu gostaria que a senhora aceitasse. Sem querer, saímos com duas de suas galinhas, e eu não quero ficar conhecido como ladrão de galinhas. Isso tem me incomodado.

Não há galinha no Texas que valha meio dólar em prata, senhor.

É como um pedido de desculpas.

O senhor tem uma consciência sensível.

Os ladrões de galinha não são muito respeitados.

Verdade. Dê aqui, então.

Ele desceu e levou as moedas para ela. Muito obrigado, disse ele, erguendo seu velho chapéu, manchado de suor.

E para onde vai o senhor?

Para Castroville, disse o Capitão. Sou comprador de sementes.

Muito bem. Essa garota tem um olhar peculiar. Ela tem problemas mentais, por acaso?

O Capitão voltou para a charrete e pegou as rédeas de condutor. Não, disse ele. Desejo-lhe uma boa viagem.

Ao meio-dia, ele colocou a sela em Paxá. Cavalgaria ao lado da cabeça do cavalo de carga. Esta região não era segura. Ao colocar a sela, ele finalmente cedeu à velhice e pegou um dos pelegos de lã de sua pilha de cobertores e jogou-a sobre o assento da sela. Muito mais confortável do que o couro duro. Johanna observava, seus olhos azul-escuros mais tranquilos agora, depois que a estranha senhora desaparecera. Ele puxou uma das rédeas de Bela pelo anel do freio e a segurou em uma das mãos enquanto seguiam. Suas garrafas de água estavam cheias. Era o suficiente. Chegariam a Lampasas em breve. O andar tranquilo de Paxá era um prazer para cavalgar, e o Capitão não parava de dar tapinhas em seu pescoço e brincar com sua crina, tentando fazê-la cair toda de um lado.

Lampasas era problemática. Ele passara por lá em anos anteriores e não tardara a descobrir. Havia uma daquelas rixas entre duas famílias, cada uma com um grande número de filhos. Parecia ser uma das regras ou leis da natureza humana. Os meninos crescem todos juntos e depois se tornam jovens e brigam, primeiro em uma brincadeira, depois alguém se machuca e, antes que você perceba, começa o drama da vingança.

Ao redor deles, uma grama parda brilhava ao sol tênue como se estivesse cravejada de mica e quartzo e agora, com os dias ficando mais longos, começavam a surgir os primeiros brotos verdes. Ele começou a ver mais pessoas na estrada indo em direção a Lampasas. Ele calculava que fosse sábado e talvez as pessoas da região tivessem o costume de ir à cidade para fazer compras ou procurar companhia no final de semana e ficar por lá durante a noite para curar uma ressaca ou para ir à igreja pela manhã ou ambas as coisas.

Já estavam na segunda semana de março, uma época mais suave, quando se ia percebendo, lentamente, que o mundo não seria para sempre frio e marrom. Essa região alta tornava-se inesperada e repentinamente colorida, respondendo à generosidade da chuva e a mais horas de sol.

Acorde, acorde, sua dorminhoca, dizia a canção. O vento estava fresco e úmido. Eles atravessaram o rio Lampasas. Como em todas as regiões semiáridas, o verde ficava todo no leito dos rios, nas ravinas, nas travessias dos córregos onde a água se acumulava e o vento soprava. Grossas toras de cana de Carrizo cresciam no pequeno vale do Lampasas e balançavam em conjunto suas penugens brilhantes.

Ao alcançarem a estrada novamente, o Capitão e Johanna encontraram um grupo de quatro homens a cavalo, com chapéus pendurados nas costas e franja de crina na ponta dos barbicachos. Estavam todos armados. Eles pararam os cavalos no meio da estrada. Eram trabalhadores agora conhecidos como caubóis, uma profissão criada enquanto os búfalos morriam aos milhões.

Ele puxou Paxá e Bela. Sabia que Johanna ficaria perturbada, então desceu e foi ficar ao lado dela no banco da frente. Depois de um momento de imobilidade, ela se levantou e saltou sobre o encosto com as saias voando e caiu na traseira da charrete entre a barrica de água e a caixa de comida e material de cozinha. Meteu-se no *jorongo* como uma lontra em sua toca.

Águas curativas, disse um dos homens.

Buracos de bala, disse outro.

Eles usavam chapéus de abas largas contra o sol implacável, as abas sombreando o V da pele nas golas abertas das camisas. Carregavam cordas no lado direito das selas. Eram todos destros. Estavam montados em selas Mother Hubbard com grandes chifres achatados na cabeça da sela e cintas de flanco. Levavam laços amarrados no lado esquerdo.

De onde estão vindo?

Durand, disse o Capitão. E estamos indo para Castroville, quinze milhas a oeste de San Antonio. Precisa que lhe mostre no mapa?

Não senhor, disse outro. Eu sei onde é. Shuter Weiss traz a semente de lá. Ele fez uma pausa. Não sei como soletrar o nome dele. Ele é alemão.

Então seria S- c- h- u- t- e- r, disse o Capitão. Enfim, existe alguma razão específica para você bloquear minha passagem?

Eles olharam uns para os outros, e seus cavalos mudaram de posição. Eram cavalos pequenos com crinas grossas e longas e caudas que varriam a estrada. Mustangues. Tinham as costas inclinadas como galgos.

Houve muitos ataques entre aqui e Castroville, disse um deles. Os Comanches e os Kiowas estão expulsando as pessoas da região montanhosa. Eles ficam cobertos lá embaixo. Não dá para vê-los chegando, como aqui. Está quase vazio lá embaixo. As pessoas foram expulsas. É melhor o senhor se cuidar.

Eu vou.

Bem, o senhor está indo para Lampasas?

É para onde vai a estrada. E, como é aparentemente a única, não pretendo seguir por terras sem trilha até lá. Alguma outra estrada que você recomendaria?

O mais alto entre eles disse: Senhor, lembro-me de vê-lo lá em Meridian, lendo seus jornais. Fiquei muito interessado em ouvir as novidades. Então vou lhe dizer. Melhor não entrar no salão de Wiley e Toland, chamado The Gem. É bom o senhor saber que os irmãos Horrell vão lá beber quando não estão atirando nos mexicanos.

Mesmo? E eles seriam contra a minha presença?

Todos se entreolharam.

Diga a ele, disse um dos homens.

Pois bem, disse o mais alto. Eles só pensam nos jornais do leste, que mostram gravuras de caubóis, e acham que deveriam estar neles. E, se você aparecer para ler as notícias, eles vão começar a importuná-lo para ler sobre *eles*.

Você está brincando.

Não estou. Eles não são muito rápidos na cabeça. Eles têm um parafuso a menos. Quando soubemos de sua vinda, eu disse: Bem, por Deus

– desculpe-me, mocinha (ele tocou no chapéu) –, deve ser o Capitão que veio ler seus jornais. Eu e meus irmãos ouvimos o senhor em Meridian uma vez e ficamos impressionados com tudo que acontece por aí e tudo mais, e com certeza gostamos da sua leitura.

Os outros concordaram. Johanna viu o homem tocar no chapéu e olhar para ela e se perguntou o que significava. Talvez um aviso. Talvez atire nela, ou pode estar jogando uma maldição de algum tipo sobre ela.

Muito gentil, disse o Capitão.

E eu disse, aposto que os irmãos Horrell esperam estar nos jornais do leste e, como não estão, vão criar problema para o Capitão. Além disso, vai acontecer uma espécie de reunião sobre um sindicato de fazendeiros e um baile, e eles ficaram animados. Benjamin vai começar a gaguejar.

Isso já é pensar muito adiante, disse um outro. Ele se virou, solto e flexível, de modo a continuar olhando o Capitão enquanto seu cavalo inquieto girava para a esquerda em um movimento rápido e perigoso. Ele o controlou e o colocou na mesma posição de antes, de frente para o Capitão, e disse: Pare com isso, seu filho da puta. Ele tocou o chapéu mais uma vez. Desculpe, mocinha.

Johanna continuava sentada com o rosto impassível dentro do *jorongo*, sua caverna de lã vermelha favorita, sua proteção mágica.

Agradeço sua preocupação, disse o Capitão.

Às ordens, disse o mais alto. Estávamos atrás do gado lá em Bean Creek e encontramos a velha Sra. Becker indo para o norte pela estrada Durand e ela disse que o viu e que o senhor estava preocupado com algumas galinhas roubadas. Então, voltamos para encontrá-lo.

Bom, era uma questão menor, disse o Capitão. Ele estava ao lado de Paxá e deu um tapinha em sua mandíbula, baixando o chapéu sobre a testa.

Sim, senhor. Então meu irmão aqui disse: esse é o Capitão Kidd e é melhor deixarmos nosso trabalho e ir avisá-lo. Essas vacas podem ficar no mato mais um dia. Não vão ficar mais selvagens do que já são.

Outro irmão disse: Não seria possível.

Um terceiro disse: Ficaremos por aqui em algum lugar, sabe, esta noite.

Kidd balançou a cabeça vagarosamente. Vocês não têm colchonetes, disse ele.

Não, senhor, mas nos deitamos no chão e dormimos.

Entendo. O Capitão ficou em silêncio por um momento, intrigado com os irmãos Horrell, tomados por esse tipo de ilusão, o desejo mundano de fama.

E os jornais ingleses?, indagou o Capitão. Eles esperam estar na primeira página do *Times* de Londres?

Senhor, disse o mais alto. Os Horrells não sabem nem que *existe* uma Inglaterra.

Bom. Muito obrigado por essa excelente informação. O Capitão subiu no estribo e ficou orgulhoso por conseguir, aos setenta e um anos, montar direto do solo em um cavalo tão alto. Com alguma dor, mas sem vacilar, ele passou sobre a sela. Obviamente, não há possibilidade de fazer uma leitura, disse ele. Vou ter que estacionar minhas tralhas e equipamentos, além desta jovem delicada, perto das fontes e não me mexer até que possa dar o fora de Lampasas.

Não, setenta e dois. Ele tinha acabado de fazer setenta e dois anos em 15 de março, pois completara dezesseis pouco antes da Batalha de Horseshoe Bend, e naquela época não teria acreditado que viveria até essa idade, muito menos que estaria viajando por uma estrada distante, tão a oeste, ainda inteiro, vivo e inexplicavelmente feliz.

Dezessete

Ele decidira evitar os irmãos Horrell a qualquer custo, mas os irmãos Horrell o encontraram.

O Capitão estava desmontando onde haviam estacionado, ao lado das belas nascentes do Lampasas e dos carvalhos gigantes que as cercavam. A nascente ficava em um lugar baixo, um dos poucos lugares verdes e tranquilos dessa região alta e seca, formando um lago espelhado. A superfície lançava reflexos cintilantes contra os troncos. De um lado, um conjunto de canas de Carrizo, elegantes e verdes, arrematadas com plumas altas. Os grandes galhos estavam cheios de pássaros, em sua migração primaveril para o norte, recentemente chegados do México; os tordos rápidos e agitados, o canto baixo de um papa-figo amarelo, pardais pintados com cores vivas.

Montados em seus cavalos, os irmãos Horrell observavam enquanto o Capitão e Johanna descarregavam os equipamentos. Seus cavalos eram bons, raça Copperbottom, linhagem Steel Dust. O Capitão os identificou pelas linhas dos corpos. Eles observavam Paxá atentamente enquanto ele pastava na grama alta à beira da nascente. Os carvalhos os cobriam, e a brisa da noite mexia a superfície da água. O Capitão os ignorou.

Você é o homem que lê as notícias.

Sim, sou.

Bem, por que não estamos nas notícias?

Não sei, disse o Capitão. Eu não escrevo os jornais.

Sou Merritt Horrell, e este é Tom, meu irmão, e estes aqui são meus outros irmãos, Mart, Benjamin e Sam.

Os cinco irmãos usavam várias peças de vestuário confeccionadas com uniformes militares de ambos os lados, sem botões e desbotadas, num azul descolorido. Um deles tinha dois tipos diferentes de estribos, um de metal, outro de madeira, e nenhum dos chapéus parecia servir. O mais novo, ou pelo menos o menor, não devia ter mais de catorze anos e usava um chapéu-coco grande demais para a cabeça, e o Capitão percebeu que o menino enchera a faixa interna com trapos ou papel para ajustá-lo. Parecia suspenso sobre sua pequena cabeça. A pobre mulher que criou esses cinco meninos deve estar no manicômio do condado, se é que Lampasas tinha um. Se não tivesse, já era hora de construir.

Encantado, senhores, disse ele. Talvez vocês *estejam* nas notícias. Podem muito bem estar nas notícias do leste. Por exemplo, Chicago ou o pequeno jornal de Ball Ground, Geórgia. Pensem bem. O Capitão sacudiu seus jornais. Talvez Londres ou mesmo Califórnia.

Bem, deveríamos estar, disse Merritt. Ele tinha um olhar monótono e ao mesmo tempo estranhamente intenso. Matamos um bom número de mexicanos. Eles deveriam noticiar.

Ele tirou o chapéu e bateu com a ponta da mão na parte de cima, para endireitar o vinco. Ele parecia ter penteado o cabelo louro e duro com uma frigideira.

Kidd acenou com a cabeça e disse: E ninguém se opõe a vocês matarem um bom número de mexicanos?

Não tem ninguém para se opor. Merritt recolocou o chapéu e cruzou as mãos sobre a cabeça da sela. O governador Davis expulsou todos que estavam com a Confederação e nunca os substituiu. Algumas pessoas do Exército aparecem às vezes. Eles talvez se opusessem.

Pode ser. O Capitão pegou um rolo de corda, virou-se, amarrou-o entre duas árvores e começou a jogar os cobertores sobre ele para arejá-los.

Será que estão preparando uma gravura nossa em madeira?

Não faço ideia.

Ele olhou para cima e viu Johanna do outro lado da nascente, observando do caniçal. Ficou surpreso. Ela conseguia se mover silenciosamente quando queria. Parecia um fantasma de cabelos esvoaçantes e pés descalços enfiado nas sombras. As plumas das canas subiam e desciam com a brisa fria, ao redor e acima de sua cabeça.

Bom, disse Merritt. Venha para o *saloon* da cidade, que se chama The Gem, o outro é o Great Western, mas venha para o Gem e leia suas notícias. Contando como perseguimos o odiado Homem Vermelho e tudo mais, como os irmãos Higgins matam cruelmente, etc. Apesar da impiedosa polícia estadual de Davis e coisas assim.

Espero que não se importe se eu chegar atrasado.

Não, senhor, de jeito nenhum. Venha a qualquer hora. Se as pessoas não quiserem que o senhor leia sobre nós, bem, eles terão que ir embora.

Foi assim que decidiu não ir. Sentou-se e esperou até constatar pelo barulho na cidade, antes mesmo das nove horas, de acordo com seu relógio, que os irmãos Horrell provavelmente estavam bêbados. Ele podia ouvi-los de onde estava; sons de música e gritos, distantes e finos. Ele observava o mundo noturno e ouvia seus sons. Sentia o cheiro de fumaça de tabaco. Observou Paxá; o cavalo levantou a cabeça e olhou por cima da nascente para o que Kidd imaginou serem outros cavalos, mas não relinchou. O Capitão viu o brilho de um cigarro. Os irmãos Merritt estavam lá, protegendo Johanna e ele, como disseram que o fariam. Eles se revezariam, vigiando. Ele não dormiu a noite toda, ficou sentado, encostado a uma roda com o revólver na mão. Partiram antes do amanhecer.

Dezoito

Finalmente, chegaram ao sul, na região montanhosa. Estava tudo quieto por lá.

Ele selou Paxá e colocou uma espécie de sela almofadada sob o arreio do cavalo de carga. Acomodou a faca de açougueiro na cintura, bem como o revólver. Se os índios atacassem, ele arrancaria o cavalo de carga do arnês e jogaria Johanna na sela almofadada, e eles fugiriam abandonando a charrete. Talvez perdessem tempo saqueando o veículo.

Os Comanches vinham principalmente do norte, descendo o Rio Vermelho, pela região árida ao redor de Lampasas. A poeira que eles levantavam podia ser vista por quilômetros, e por isso evitavam as cidades e os fortes. Ao avançarem para o sul, para a região montanhosa, encontravam esconderijo, água e fazendas isoladas. Amavam a região montanhosa com a paixão dos invasores. Aqui havia luta e havia saque sem soldados para detê-los.

O mundo passava sob as rodas das *Águas Curativas*, vale após vale, cordilheira após cordilheira, em direção ao horizonte azul.

Quando chegavam ao topo de uma elevação, ele se mantinha cuidadosamente de um lado da estrada para que não pudessem ser vistos e parados.

Ele esperava quinze, vinte minutos de cada vez, procurando e ouvindo sinais de vida e grupos de assalto. Ele prestava atenção nos gritos de algum esquilo, perturbado por cavaleiros. Observava os urubus circulando sobre suas cabeças, atento tanto aos voos circulares que indicavam um corpo morto em algum lugar, uma carcaça humana ou animal, quanto a suas quedas repentinas, pois eram pássaros curiosos e despencavam rapidamente para inspecionar algo novo ou incomum.

Johanna também observava. Ela não brincava de cama de gato nem inventava frases em inglês. Usava os sapatos apertados e mantinha a espingarda a seus pés. Ele não fumava seu cachimbo. O odor seria transportado por longas distâncias. Ao contrário, procurava o cheiro da fumaça do tabaco dos outros. Nada. O vento diminuiu. Do alto, ele inspecionava as copas das árvores abaixo, tanto antes quanto depois dos montes, os carvalhos, as ocasionais nogueiras nas ravinas, para ver se havia movimento que não fosse causado pelo vento. Nada. Seguiam em frente.

Ele mantinha o cabresto do cavalo de carga em suas mãos. Saíam no início da manhã, quando as estrelas indicavam o caminho de leste para oeste. Passaram por fazendas abandonadas, pequenas cabanas com cercas de pedra aqui e ali. Algumas haviam sido queimadas.

Passaram pela região de granito vermelho ao norte de Llano. Montanhas de granito vermelho e rosa. Os vales eram salpicados de suculentas e de plantas com plumas brilhantes sobre longas hastes magenta, e cobertos pelas florezinhas azuis dos *bluebonnets*. Era a época do florescimento na região montanhosa. Grama nova para seus cavalos, e jovens plantinhas para os cervos. Certa noite, viram um bassarisco com sua cauda de dezesseis listras, suas orelhas de morcego e seus grandes olhos redondos tirar cuidadosamente um grão de milho da ração dos cavalos e o levar até a boca enquanto os dois assistiam silenciosamente. O bicho mantinha-se sentado, curioso e destemido, na extremidade mais distante da luz do fogo, enquanto Johanna sussurrava para ele em Kiowa, com inflexões de deleite.

Eles chegaram a uma cabana destruída, pararam e entraram. Copos quebrados e pedaços de tecido rasgado pendurados num prego. Um corpo de boneca sem cabeça. Ele retirou uma bala calibre .50 da parede com sua faca e a colocou cuidadosamente no parapeito da janela como se fosse uma lembrança. Aqui havia memórias, amores, momentos profundos e emocionantes, como no lugar onde ele fora criado na Geórgia. Aqui estiveram pessoas cujas memórias mais queridas incluíam o som da concha caindo no balde de água depois do gole desejado, e o pequeno clique quando batia no fundo. O silêncio da noite. A silhueta dos lírios na janela, espalhando sombras quase hipnóticas. O cheiro de um bezerro novo, um longo raio de sol caindo na porta dos fundos sobre tábuas gastas, revelando cada nó da madeira. O caminho familiar até o celeiro percorrido por anos pelo pai, pelo avô, pelos tios, a maneira como eles gritavam, *cavalos, cavalos.* Como eles balançavam o balde pela alça enquanto caminhavam entre as árvores, aqui e ali, entre a infância e a idade adulta, entre a inocência e a morte, aquele caminho bem usado e a sensação de felicidade fácil quando os cavalos respondiam ao chamado, e como você conhecia cada um pelo som, na longa noite fria após um dia de trabalho duro. Seu coração se derretia docemente, desacelerava, perdia os espinhos. *Cavalos, cavalos.* Tudo desaparecido no fogo.

Uma vez, ao anoitecer, eles desceram a colina para atravessar um riacho onde as águas claras abriam caminho entre grandes e curvos penhascos. Estratos de calcário esculpidos, camada sobre camada, num buraco profundo sobre o qual pendiam grandes árvores penduradas lá no alto. Era como estar em um túnel. Buquês de samambaias, cor de limão brilhante, cresciam do calcário por onde vazava a água e tinham cheiro de água, de pedra úmida e de samambaia verde. Havia uma edícula feita de troncos no espaço sobre a nascente. Ele a abriu e encontrou pequenas cubas esculpidas na pedra onde caberiam jarras de leite, um buraco quadrado para queijos e talvez para carne em recipientes de metal. A água estava gelada.

Havia piscinas profundas aqui, muito claras. Uma delas, a jusante do cruzamento, era bem grande. A distância, eles ouviram alguém gritar, no topo de uma colina ou monte. Não saberia dizer em que idioma. Ele ficou parado por um longo tempo, ouvindo, até que a gritaria parou. Ele e a menina ainda mantiveram silêncio por um longo tempo, mas os gritos não recomeçaram.

A menina precisava se banhar com sabonete, e ele conduziu a carroça das *Águas Curativas* até um vale muito pequeno que conduzia ao riacho maior. Desatrelou Bela e encheu a cevadeira do cavalo com milho duro. Ele os conduziu ao longo do vale estreito com folhagem densa e os amarrou, esperando que comessem para então ir embora, deixando-os lá, escondidos. Isso os manteria seguros durante a noite, embora fosse difícil lidar com eles pela manhã, depois de terem ficado amarrados a noite toda. Mas ele não podia correr o risco de perdê-los, deixando-os livres para pastar.

Ele voltou para o riacho e se sentou de costas enquanto Johanna pulava na piscina profunda e nadava, vestindo apenas suas roupas de baixo oferecidas pela Senhora Água Malvada de Durand, mexendo-se silenciosamente, com cuidado. Sem respingos. Bolhas de sabão flutuavam silenciosamente pelo rio.

Ele lavou o rosto em uma bacia e fez a barba, cozinhou o jantar sobre uma pequena fogueira rapidamente apagada e sentou-se com a menina para comer e ouvir. Grupos de jovens salteadores tinham suas próprias leis e um universo próprio no qual as sutilezas da guerra civilizada não contavam. Um velho e uma garota eram um alvo fácil e aceitável, pois nas guerras indígenas não havia civis. Depois de algum tempo, o Capitão e Johanna foram se sentar na edícula e ouvir o barulho suave da água corrente. Nas sombras, eles poderiam vigiar e talvez dormir um pouco. A água corrente era calmante e doce.

Dois grandes carvalhos pairavam sobre o riacho e jogavam suas folhas, uma a uma, na água. As novas folhas surgiam e empurravam as velhas lentamente, lentamente. Pequenas e duras, elas caíam como moedas.

Olhando pela janela da edícula, ele viu um dos grandes galhos pendentes começar a tremer. Suas folhas caíram numa leve chuva de centavos.

Ele prendeu a respiração. A princípio, pensou que o enorme carvalho finalmente se soltava do tênue suporte na borda superior e iria cair. Ele já tinha visto isso acontecer uma vez. A garota acordou e veio ficar ao lado dele na sombra e olhar pela janela minúscula.

Dos galhos largos caiu uma figura. Foi tão surpreendente que pareceu durar uma eternidade. Um jovem magro com longos cabelos loiros caiu quase lentamente. Ele segurava o arco e o mantinha acima da cabeça com uma das mãos. A lua brilhou sobre ele enquanto caía. Seu cabelo fluía sobre a cabeça como uma espécie de linho, uma nuvem de ouro. Era cortado curto de um lado – Kiowa. Ele atingiu a água, e leques finos como cristal saltaram ao seu redor.

Ele voltou à tona e nadou até chegar à margem, segurando suas armas sobre a cabeça.

O Capitão Kidd segurou o revólver ainda no cinto, de modo que o cano apontasse para a frente. A água batia em reflexos azuis sob seus olhos. Ele se perguntou se ela o trairia. Se chamaria o jovem cativo e seus companheiros, certamente escondidos em algum lugar no penhasco. Se esta seria sua última noite na terra. Era isso que ela tanto queria, retornar aos Kiowas e à vida que ela conhecia. Às pessoas que ela considerava seu povo, e aos deuses que eram seus deuses.

Mas, quando ele se virou e olhou nos olhos dela, ela colocou a mão em seu braço. Ela balançou a cabeça uma vez. Então eles viram três outros cair do carvalho, um após o outro, lançando grandes jatos de água ao redor deles enquanto rompiam a superfície e nadavam até a margem. Ruídos suaves de Kiowa. Murmúrios silenciosos. E então desapareceram.

Talvez os dois tenham escapado por pouco da morte – morte por flecha, morte bela, morte na noite.

E assim seguiram para o sul, para Castroville.

Passaram por Fredericksburg, uma pequena cidade na região montanhosa, sitiada, ansiosa, indefesa. A população era quase inteiramente alemã. Havia quem a chamasse de Vila Fritz. A rua principal que cortava a cidade era larga o suficiente para que três ou quatro veículos passassem lado a lado e permitia que salteadores galopassem pelo meio atirando nas duas direções, se assim desejassem.

Lenta e silenciosamente, o sol da tarde derramou sua luz vermelha pela rua principal. As luzes do hotel se acenderam, iluminando a poeira que subia pelos calcanhares de Bela. O Capitão alugou dois quartos, como de costume, e pagou por banhos e por uma lavadeira. As pessoas vieram espiar a charrete verde quando souberam, pelo dono do hotel, os nomes do Capitão e de Johanna. A garota era Johanna Leonberger, uma prisioneira que fora resgatada por moedas de prata alemãs. Eles sabiam da prata pelo avô de Bianca Babb, que resgatara sua neta do Território Indígena.

Deram-lhe conselhos e avisos; de como os cativos eram bizarros, de como não gostavam de pessoas brancas, de como tinham olhos estranhos e provavelmente haviam tomado alguma poção ou droga secreta que os deixaram assim. Era a única explicação razoável.

O Capitão se ofereceu para fazer uma leitura, embora soubesse que poucas pessoas viriam, já que não muitas estavam familiarizadas com o inglês, especialmente o inglês dos jornais. Ainda menos tinham qualquer informação sobre o mundo exterior. O objetivo principal era ajudar Johanna a aprender o protocolo certo para sentar-se à porta e coletar moedas. Na realidade, quanto menos pessoas comparecessem, melhor. Seria uma sessão de treinamento. Ele colocou seus anúncios e conseguiu o clube da igreja, a Vereins Kirche, para aquela noite. Pediu um ferreiro para consertar sua roda quebrada, mas o ferreiro local fora morto na estrada para Kerrville.

No quarto da menina, compartilharam um jantar de um prato alemão feito de macarrão, carneiro moído e um molho de creme. Ele ainda não podia confiar que ela tivesse modos em um restaurante. Mas ela colocou o guardanapo cuidadosamente no joelho, ergueu cada garfada até o nível da boca e depois para dentro.

Tudo *celto* Cho-henna?

Suponho que sim, disse ele.

Ela sorveu um macarrão até que ele saltou e a atingiu no nariz.

Johanna!

Ela riu até às lágrimas. Afastou o cabelo do rosto e voltou a se concentrar na comida. O Capitão tentou ser severo, mas desistiu. Dedicou-se com entusiasmo ao prato e ao acompanhamento de couve-flor em conserva. Fazia muito tempo que não comia um jantar bem feito, ou qualquer coisa com leite ou creme, e sem precisarem lavar a louça no balde.

Aquele relógio, ela disse. Ele o tirou do bolso e o abriu.

Em trinta minutos, disse ele, mostrando a ela. Vamos ler às sete.

É quando mãozinha no sete e mão *glande* no doze?

Isso, minha querida, disse ele. Em seguida, ele apontou para o banheiro e entregou-lhe uma toalha. Vá, ele disse.

Na Vereins Kirche, a Igreja do Povo, que era ao mesmo tempo uma igreja e um salão comunitário – e um forte, se necessário –, ele a sentou na porta com a latinha pousada sobre um suporte de samambaia ao lado dela.

Moé-dah, ele disse. Ele ergueu a mão. Sente. Fique. Em seguida, ele saiu pela porta, virou-se, voltou a entrar e fingiu ver Johanna pela primeira vez. Disse: Dez centavos?

Ela entendeu instantaneamente e apontou para a lata de tinta. *Moé-dah!*, disse com grande seriedade e firmeza. Naquela noite ele leu vários artigos do leste, enquanto Johanna assumia a tarefa de ser porteira como se tivesse encontrado a sua finalidade no mundo. A menininha de dentes brancos, cabelo ocre trançado e um vestido xadrez encarava com seu olhar azul cada pessoa que entrava e apontava para a lata dizendo: *Moé-dah, dé centas*. De algum lugar, ela trouxe mais uma palavra em alemão e, quando alguém passou sem a notar, ela gritou: *Achtung! Dé centas!*

A alegria e a vivacidade haviam voltado a suas leituras. Sua voz tinha a vibração de antes, e ele sorria ao ler as coisas divertidas, como sobre as mulheres hindus que não diziam o nome dos maridos e as estranhas mensagens telegráficas captadas por um repórter, e lembrou-se de como sua vida parecia monótona antes de cruzar com ela em Wichita Falls. Ele viu quando seu rostinho, sempre tão esperto e feroz, caiu na gargalhada ao ouvir o público rir. Que bom. O riso faz bem à alma e a todas as questões internas.

Naquela noite, eles voltaram ao hotel, e ele a colocou na cama no quarto dela. Ela deu um grande bocejo e disse: *Holas glandes, holas pequenas*, enxugou as mãos na colcha, bocejou de novo. Então caiu de costas na cama e adormeceu em poucos instantes. Ele saiu na ponta dos pés. Sabia que pela manhã ela estaria dormindo no chão. Mas já era um progresso. Suas roupas lavadas e passadas estavam amontoadas à sua porta, de modo que estariam limpos e civilizados pela manhã. Pensou em como Johanna passava por um polimento, arredondando as arestas. O Capitão sentou-se ao lado de seu lampião e tentou encontrar artigos em seus jornais que não fossem datados; artigos interessantes sobre descobertas químicas e surpresas astronômicas. Alphonse Borrelly descobrira um asteroide e o nomeara Lydia, e o conde de Rosse calculara que a superfície da lua teria uma temperatura de quinhentos graus Fahrenheit. Era o suficiente. Ele separou suas roupas de viagem, a velha camisa xadrez de flanela áspera, suas botas, suas meias limpas. Eram sessenta e quatro quilômetros de terreno acidentado ao sul de Bandera e, se fossem mortos e escalpelados, seus corpos seriam encontrados ensanguentados, mas elegantes.

Ele desmontou o .38, limpou e remontou. Fez uma lista: ração, farinha, munição, sabão, carne, velas, fé, esperança, caridade.

Dezenove

Finalmente chegaram à cidade de Bandera, onde imigrantes poloneses trabalhavam em uma serraria e filas de carroças de carga e seus bois enchiam a rua para formar um comboio para San Antonio, como proteção contra os Comanches. Os bois eram colocados em grupos de seis e oito pela rua principal e moviam a cabeça de um lado para o outro a cada passo, como se estivessem ouvindo uma música particular, alguma valsa lenta. As pessoas ainda acreditavam que os homens vermelhos só atacavam na lua cheia, apesar de todas as evidências em contrário, e a lua já não estava mais cheia, e as pessoas em Bandera viviam em delírios paranoicos.

Em Bandera, ele descobriu que o ferreiro estava sobrecarregado de trabalho com as carroças de carga, ferrando as equipes de bois, consertando tirantes e moldando na bigorna parafusos de carroça. Era melhor desistir; a borda de ferro rachada teria que aguentar um pouco mais.

O Capitão reservou o edifício comercial Davenport e, por uma leitura de uma hora, faturaram o suficiente para percorrer os quilômetros finais até Castroville. Ele espremera seus jornais em busca das últimas notícias.

O Texas finalmente readmitido na União, por exemplo. Ele reajustou seus óculos à luz do lampião. Cincinnati Red Stockings, o primeiro time profissional de beisebol, um novo conceito no esporte... Ada Kepley, primeira mulher formada em direito... a continuação da construção da nova ponte de Manhattan ao Brooklyn... um burro adotado como símbolo do partido democrata... a estreia do Vaudeville Theatre no The Strand, em Londres, com uma chocante exposição de corpos femininos no palco. A essa altura, Johanna perdera o medo de grupos de brancos e, assim, sentara-se à porta estendendo a latinha para receber o valor da admissão. O Capitão sabia que ela considerava as moedas tanto munição quanto meio de troca. Sua cabeça se movia em pequenos movimentos, como a de um passarinho, de um rosto a outro, e, se alguém tentasse passar sem pagar, ela os agarrava pela manga com sua mãozinha magra e gritava: Moça... ah! *Chohenna atila!*

Eles não a entendiam, mas o significado era claro.

As colinas foram ficando para trás até não serem mais do que uma linha azul irregular no horizonte. Não havia mudanças geológicas graduais nessa região. Ao descerem das colinas já estavam na pradaria de grama curta de um momento para outro. Estavam em uma altitude mais baixa, e a brisa da noite trazia o hálito suave do Golfo do México e do baixo Rio Grande e o cheiro de algaroba e das palmeiras de Resaca de la Palma, e até mesmo a fumaça do canhão de tantos anos atrás, quase trinta. Aquilo ficaria com ele para sempre, como tudo que você fez fica com você, cada cavalo que você selou, cada manhã que ele acordou ao lado de Maria Luisa, cada batida da prensa no papel novo, cada vez que ele abriu as venezianas na casa Betancort, e quando seu capitão morreu em seus braços, estava tudo sempre lá no cérebro, como um emaranhado de fios de telégrafo, onde os despachos jamais se perdiam, que coisa estranha, estranha. A brisa suave que soprava do sul com um toque de sal levantou a crina de Bela.

Kap-tan?

Sim, Johanna?

Boneca minha.

Ele pensou por um momento. A boneca que você deixou no Rio Vermelho, disse.

Sim, minha boneca, ela disse olhando para o lado. Olhando, procurando. A garota abriu as mãos no colo. Você lê agora Castroville? Eu digo *moé-dah*, *dé cents*?

Não, Johanna. Não mais. O coração do Capitão parecia trêmulo e ansioso. Não mais, minha querida.

Ela se sentou perto dele no banco do condutor e colocou a mão na curva de seu braço. Sim, ela disse.

Não. Ele apontou para a frente. *Onkle*, disse ele. *Tante*.

Ela sentia a chegada de algo assustador, algo errado. Algo solitário. Ele era agora a única pessoa que ela tinha no mundo e o único ser humano que ela conhecia. Ele era forte e sábio, e eles lutaram juntos nas nascentes. Ela agora comia com um garfo e usava os vestidos horríveis sem reclamar. O que ela fizera de errado? Algo estava errado. Eles rodaram por uma paisagem plana e triste de algaroba e arbustos e alguma relva ocasional. Pessoas brancas passavam por eles em carroças. O defeito na roda de ferro fazia um barulho como um relógio terrivelmente lento: clique, clique, clique.

Kontah risada!, ela gritou. Ha! Ha! Ha! Ele se virou e viu lágrimas correndo e manchando seu rosto pequeno, onde as sardas brilhavam no suor e no calor. Ela puxou a saia xadrez e enxugou o rosto. *Kontah*?

Você vai se acostumar, disse ele com voz firme. Aceitei um bom dinheiro e também prometi devolvê-la aos seus parentes. Eu sou um homem de palavra.

Kontah bat pama! Ela tentou sorrir.

Fazer outra coisa seria desonroso e seria roubo. Não, eu não vou *bat pama*.

Sua cabeça pendeu até que o cabelo cor de caramelo caísse como uma cortina sobre seu rostinho quente. Ela entendera seu tom de voz e a rigidez de seu braço. Em algum lugar lá na frente havia brancos estranhos de quem ela mal conseguia lembrar, como se estivessem mal iluminados por velhas lamparinas, chamados tia e tio, e eles iam em sua direção. O resto ela poderia descobrir por si mesma, mas não por que ou para onde *Kontah* iria. O vento não trouxe notícias de seu povo. Eles se foram para sempre. Ela tirou a mão do braço dele, e a barra da saia se mexia com a brisa. Ainda assim, ela chorou. O aro quebrado da roda contava as horas e milhas, clique clique clique.

Eles saíram da estrada norte-sul da região montanhosa para a estrada de San Antonio e viraram para o oeste. Viajavam por uma região que estava sendo cortada por arados. Aqueles que aravam os campos se viravam para ver passar a charrete das *Águas Curativas*.

Castroville era uma coleção de casas de pedra com telhados altos, algumas grandes e quadradas de dois andares com sacadas em todo o segundo andar, janelas compridas, de onde as mulheres sacudiam panos e tapetes empoeirados, jogando sujeira na cabeça das pessoas na rua. Seriam iguais a gravuras de aldeias europeias que o Capitão já vira, se não fosse pela presença de cactos que cresciam altos nos jardins. Como era de costume, moravam em aldeias e saíam todos os dias para trabalhar nos campos. O Capitão havia tirado o casaco de lona no primeiro dia de abril e agora dirigia em mangas de camisa e suspensórios. Aqui, na terra plana, fazia muito calor, e qualquer vento era bem-vindo. Pelo menos ele conseguira trazê-los vivos, e os cavalos estavam em boas condições.

Passaram pela pousada e pelo moinho de grãos, que ficava no rio Medina entre nogueiras silvestres. Um seminário da Ordem de Maria Imaculada ocupava três hectares inteiros, e cada rua seguia o ritmo cuidadoso e preciso da vida como era vivida na Alsácia-Lorena. O grande armazém da companhia Huth Seed era cavernoso e escuro. Amarrado atrás da charrete, Paxá chamava outros cavalos, mas acabou desistindo, porque agora havia cavalos demais.

O Capitão Kidd foi informado de que Wilhelm e Anna Leonberger viviam quinze milhas mais a oeste, numa comunidade vizinha chamada D'Hanis. Que os túmulos do casal Leonberger e de sua filha estavam lá, na igreja de São Domingos. Ele não contou a ninguém sobre o cativeiro de Johanna ou sobre seus pais. Eles teriam vindo aos montes. Teriam vindo com bolos, tortas e colchões de penas. Os meninos assobiariam, e as meninas olhariam para seu rosto inexpressivo, e os adultos falariam com ela no dialeto alsaciano. Enquanto dirigiam para oeste na estrada empoeirada, para além de Castroville, a torre alta e o telhado de São Domingos ia se erguendo no horizonte plano.

Estavam diante dos túmulos. O Capitão tirou o chapéu e colocou-o sobre o peito, como lhe haviam ensinado a fazer há muito tempo, a conduta correta. A menina olhou para as lápides e seus anjos chorosos com alguma curiosidade, mas principalmente com indiferença, e, em seguida, virou-se para olhar tudo em volta, aquela terra domada e rasgada pelos arados e amassada por edifícios de pedra.

Vamos voltar para Dallas?, ela disse. Eu não gosto daqui. Ela estava composta e quieta e resolveu tentar uma última vez. Eu não gosto daqui, *pofavol, Kaptan, pofavol*.

Não podemos, minha querida. Ele subiu no banco do condutor e pegou as rédeas. Simplesmente não podemos.

Mesmo assim, ela ficou ao lado do túmulo e ergueu a cabeça para a planície. Ficou subitamente rígida. O primeiro e último recurso de um Kiowa era a coragem. Um Kiowa não implorava ou insistia ou relevava. Ela sabia que, se fosse preciso, ela mataria de fome o desespero, negaria qualquer sustento a ela mesma e evitaria a rendição. Ela enxugou o rosto novamente e subiu na carroça. *Ausay gya kii, gyao boi tol.* Prepare-se para um inverno rigoroso, prepare-se para tempos difíceis. Ela trançou o cabelo como se fosse para uma batalha. E então ficou calada e imóvel.

Eles cavalgaram em silêncio, pela paisagem seca e clara e pelas horas quentes da tarde, clique clique clique.

O Capitão parou um homem a cavalo.

Ele disse, senhor, ficaria muito grato se o senhor me fizesse um favor. Eu pagaria o que fosse preciso.

E o que seria?

O homem montava o cavalo com facilidade enquanto ele girava e girava. Ele vestia camisa branca e colete escuro com um paletó de lã amarrado atrás da sela. Ele examinava o Capitão, um homem de aparência distinta, claramente um *amerikaner*, naquela charrete com inscrições douradas e buracos de bala.

O Capitão disse: Dê-me indicações para a fazenda de Wilhelm e Anna Leonberger e vá até lá na nossa frente para dar-lhes a mensagem de que Johanna Leonberger, que é filha de Jan e Greta, desaparecida por quatro anos, foi resgatada do cativeiro entre os Kiowas.

Por um momento, o homem olhou para ele e depois para Johanna.

Ela olhou para ele com olhos azuis e duros.

Ele então exclamou: Deus seja louvado!

O homem gritou para o céu e, sem outra palavra, virou o cavalo e saiu galopando pela estrada e, antes de sair de vista, virou para o sul, além da São Domingos. Os pássaros da primavera voaram da grama alta e, à sua direita, a longa linha azul serrilhada das colinas que eles deixavam para trás parecia distante e estranhamente segura.

Desceram uma longa estrada reta que levava à fazenda Leonberger. Ele desceu primeiro e estendeu a mão para Johanna. A menina estava mais uma vez inexpressiva, inexpressiva como um osso. Sem mover a cabeça, ela voltou os olhos para olhar a fazenda de seus parentes. A casa de pedra com sua comprida varanda na frente do prédio, o tipo de varanda que os texanos chamam de galeria, uma cerca descolorida, galinhas, ferramentas agrícolas, um celeiro, árvores, cachorros, o sol escaldante. O homem que o Capitão enviara na frente estava sorrindo e segurando as rédeas do cavalo. Ele olhava para Johanna. Ninguém disse nada. Os cães os cercaram e os assustaram com latidos.

Raus! Raus! Um homem saiu e espancou os cães com um relho. A cabeça de Johanna se ergueu ao som da língua alemã e então, como se tivessem acabado de surgir, olhou da direita para a esquerda a casa da fazenda e as construções externas e a ampla extensão de mato da região, com mesquites e acácias floridas, e as flores de yucca, grossas, carnudas e brancas. *Tante*, ela sussurrou. *Onkle*.

O Capitão Kidd tirou o chapéu. Ele disse: Sou Jefferson Kyle Kidd e vim devolver sua sobrinha, Johanna. Ela foi resgatada pelo agente Samuel Hammond em Fort Sill, Território Indígena.

Ele entregou os papéis e ficou em silêncio como se estivesse em uma nevasca de inverno. Sua garganta doía. Estava cansado. Sua sobrancelha latejava, e dores agudas começaram a rastejar em seu crânio. Suas mãos pareciam tão ossudas e enrugadas como as de uma múmia. Johanna cruzou o banco do condutor para cair ao lado dele no chão.

Anna Leonberger saiu para ficar ao lado do marido. O Capitão Kidd esperou mais alguns segundos intermináveis enquanto o homem lia os documentos. O Capitão disse, finalmente: Eu a trouxe de Wichita Falls, no Rio Vermelho.

Sim, sim, é o que disse Adolph. Wilhelm Leonberger acenou com uma mão em direção ao mensageiro sem olhar para cima. Ele ainda estava examinando o papel. Era um homem loiro e franzino com um rosto bronzeado em tons marrons. Virou-se para olhar para Adolph e depois de volta para o Capitão. Ele disse: Enviamos cinquenta dólares em ouro.

Sim, disse o Capitão Kidd. Comprei esta charrete com o dinheiro.

Wilhelm olhou para ele e para as letras douradas, *Águas Curativas,* e para os buracos de bala. Ele disse: E os arreios também?

Sim.

Você tem recibo?

Não, disse o Capitão Kidd. Não tenho.

Wilhelm olhou para Johanna. Ela estava com uma das mãos no arnês de Bela, descalça, com os sapatos amarrados no pescoço, e segurava a faixa traseira com tanta força que os nós dos dedos estavam brancos. Seu cabelo estava trançado para cima e ao redor da cabeça. As saias do vestido em xadrez amarelo subiam e desciam com o vento da planície.

Wilhelm disse: Os pais dela foram assassinados pelos índios.

Eu sei, disse o Capitão. Sim. Uma tragédia.

O homem que servira como mensageiro tinha uma expressão ansiosa no rosto. Ele disse algo alto e alegre em alsaciano e ergueu os ombros para o Capitão. *Não somos todos assim,* o encolher de ombros parecia dizer.

Tudo bem, então. Entre, eu suponho.

O mensageiro mordeu o lábio consternado com a cena. Hesitou, mas depois montou e partiu.

Vinte

O que o Capitão disse a Wilhelm Leonberger sobre a menina – que ela precisava de silêncio e paz e um reajuste gradual a suas novas circunstâncias, que ela se considerava Kiowa e deveria ser ensinada a se comportar mais uma vez, lentamente, que ela mudara de guardião três vezes e que agora precisava se sentir segura – parecia não fazer nenhum efeito. A notícia era boa demais, eletrizante demais para ser guardada. Logo eles viriam, provavelmente com um padre, e com canções e elogios e agradecimentos e salsichas e bolos *mit schlage über*. Gritariam para ela palavras em alemão, para ver se ela lembrava. E estenderiam uma fotografia em placa de ferro dos pais dela, e um vestido que ela tinha aos seis anos. *Lembra? Lembra?*

O Capitão estava sentado em um sofá felpudo com uma xícara de café forte em uma das mãos e um bolo na outra. Johanna estava de cócoras em um canto, as mãos cruzadas nos tornozelos e as saias amontoadas entre os cotovelos, olhando para todas as coisas que os brancos coletavam e colocavam dentro de suas casas imóveis. Os daguerreótipos, que para ela eram estranhas placas de metal com imagens pretas e brancas. Os guardanapos, o tapete com flores violentamente laranja e vermelhas, vidros nas janelas e pratos de ferro em pé sobre um aparador, como armaduras, frágeis mesinhas laterais. Havia cortinas penduradas na frente das janelas, o que não fazia o menor sentido. Ela não entendia por que alguém abriria janelas em uma parede de pedra e colocaria vidro nelas e depois as cobriria com um pano.

Levante-se, disse a mulher. Levante-se agora.

Johanna olhou para ela com um olhar sério e virou o rosto.

Nós os encontramos com o cérebro para fora, disse Wilhelm. Meu irmão e a esposa. Os selvagens tiram os cérebros e enchem de grama. Nos crânios. Parece um ninho de galinha.

Entendo, disse o Capitão. Seu café estava esfriando. Com certo esforço, ele bebeu.

Eles desonraram a mãe dela.

Terrível, disse o Capitão Kidd.

Depois a cortaram em pedaços.

Inaceitável. Ele balançou sua cabeça. Seu estômago ficou subitamente embrulhado.

Anna era uma mulher magra, com gestos definidos e precisos. Ela era morena, com a pele lisa e os olhos negros dos bávaros. Ela virou a cabeça devagar e olhou para a garota sentada desafiadoramente no chão, numa bola de saias xadrez com a borda de renda rasgada, pés descalços, o cabelo esvoaçando para fora das tranças. Apertou os lábios numa linha tensa e olhou para os próprios pés.

Anna disse: A irmã mais nova mataram com um corte no pescoço. Penduraram por uma perna na grande árvore em Sabinal, onde fica a loja. Anna fechou as mãos. Ninguém os capturou. Vários homens tentaram. Cavalgaram sem parar, mas não acharam.

Entendo, disse o Capitão. Ele enxugou os lábios. O café era quase sólido de tão forte.

Então. Anna olhou para baixo e enxugou os olhos com o pulso. Ela está feliz de ter voltado então.

Todos se viraram e olharam para a pequena cativa. Ela cantava para si mesma, lentamente, baixinho, a cabeça balançando ritmicamente, alguma música em Kiowa. Uma praga, talvez, sobre os inimigos de *Coi-gu*, um apelo ao sol, que é o pai de todas as coisas, um elogio às montanhas Wichita, um pedido de ajuda.

Ela vai ter que aprender a trabalhar novamente, disse Wilhelm. Deve aprender nossos costumes novamente. Ele respirou fundo. Não temos filhos, exceto um sobrinho nosso que agora está trabalhando no negócio de gado de um inglês, na cidade de Frio. Estamos preparados para recebê-la. Minha esposa precisa de ajuda. Há muito trabalho a ser feito. Ela não gosta de sentar em cadeira? Olhe só para ela, no chão.

Ela pensa que é índia?, perguntou Anna, e olhou de soslaio para Johanna novamente. Levante-se, ela disse. Johanna a ignorou.

Receio que sim, disse o Capitão. Espero que vocês levem isso em consideração. Ela tem apenas dez anos.

A criança deve ser corrigida à força.

Acho que ela já passou por isso.

Anna concordou com o marido. Ela não é pequena demais para fazer sua parte.

Claro que não, disse o Capitão.

Wilhelm fez uma pausa com a boca ligeiramente aberta. Ele estava intrigado com alguma coisa. Eles esperaram, em suspenso, enquanto os lábios formavam a pergunta. Por fim, ele disse: Então você não tem recibo da compra daquela charrete?

Não.

O Capitão passou a noite deitado como uma prancha em uma cama dura no andar de cima, mas Johanna não aceitou sair da carroceria das *Águas Curativas* e de seu grande e vermelho *jorongo*. No dia seguinte, quando chegaram os visitantes, ela disparou para o celeiro, subiu a escada com a saia enfiada no cinto, mostrando os tornozelos e as canelas, e não desceu. Quando tentaram subir até a metade da escada e falar com ela em alemão, ela arremessou uma foice e uma chave de fenda.

Deixem-na em paz, disse o Capitão Kidd. Não podem simplesmente deixá-la sozinha por um tempo?

E, assim, a comunidade de D'Hanis celebrou o retorno da menina sem a presença dela. Pessoas gentis e bem-intencionadas cujo trabalho resultou na elegante igreja de pedra de St. Dominic, e nas elegantes casas de pedra com longas varandas, em jardins cultivados com sementes da famosa Companhia de Sementes Huth de Castroville, peônias grandes como repolhos e repolhos do tamanho de barris. O padre apertou com força e longamente a mão do Capitão, deu-lhe uma palmada no ombro e expressou, com sotaque irlandês, seu agradecimento, sua admiração, e disse que certamente Deus os protegera. Colocaram longas mesas no quintal, serviram comidas da Alsácia, carne fumegante no estilo texano e pratos com batatas, queijos e creme.

Adolph, o mensageiro, veio sentar-se ao lado do Capitão. Era um homem de ombros largos com a cabeça quadrada, tipicamente alemão. Os cães haviam sido forçados para baixo das carroças e lá ficaram com as caudas batendo na poeira. Um passarinho azul-claro pousou na estaca da cerca e olhou para a comida, primeiro com um olho e depois com o outro, tomado de admiração pela aparência da culinária alsaciana.

Wilhelm e Anna, eles trabalham duro, disse Adolph.

O Capitão ergueu um biscoito fofo. Não duvido, ele disse.

Eles tinham um sobrinho que morava com eles, mas fugiu. Para os lados de Nueces.

Frio Town.

Isso mesmo.

Porque o faziam trabalhar como um escravo.

Sim.

O Capitão disse: O que podemos fazer?

Nada. O homem gesticulou com um garfo em direção ao grupo. Todos vieram comemorar o retorno. Eles voltarão para suas casas e falarão sobre isso para sempre, até a próxima geração. Mas não virão aqui perguntar sobre o bem-estar dela.Não vão se intrometer no círculo familiar dos Leonbergers para descobrir se ela está de fato sendo bem tratada. Não funciona assim com vocês, ingleses?

Infelizmente.

Em qualquer lugar. Não é inglês, espanhol ou alemão. Assim é o mundo. Eu mesmo sou alemão e digo ao senhor: essas pessoas podem ser difíceis. Ele soltou um longo suspiro. Eu persegui os índios que levaram as meninas, que mataram os pais. Eu matei meu melhor cavalo. Ele estourou os pulmões na estrada de Bandera.

Você fez o melhor que pôde. O Capitão pôs a mão no ombro do homem e então se levantou e colocou seu prato na traseira aberta de uma carroça. Tenho que ir, disse ele. Obrigado pelo aviso. Mas não tenho recursos aqui.

Eles não têm papéis de adoção.

Quem se importaria? O padre?

Pois é. Seria ele a fazê-los, suponho.

Eles vão adotá-la?

O homem alto recostou-se na cadeira e virou a cabeça para olhar Wilhelm e Anna. Eles se sentavam entre o grande grupo de amigos e vizinhos, severos e frios como se estivessem em uma audiência judicial. O Capitão notou que poucas pessoas falavam com o casal. Os convidados riam e brincavam entre si, felizes, falantes, e alguns poucos olhavam para o grande celeiro onde Johanna se escondia, mas não conversavam com os Leonbergers.

O mensageiro disse: Não, acho que não. Se o fizessem, seriam legalmente obrigados a sustentá-la e, de acordo com o costume, a dar-lhe um dote. Eles não adotaram o sobrinho.

Bem, disse o Capitão. Compreendo. Ele sentia como se suas entranhas se contraíssem, sua garganta parecia engrossar.

O homem segurou a manga do Capitão. Ele disse: O senhor não pode deixá-la aqui.

O Capitão sentiu algo próximo do desespero. Ele disse: Obrigado, senhor. Talvez eu possa em algum momento voltar para uma visita. Agora devo ir.

Ele teve que sair, rapidamente, antes que as lágrimas começassem a correr por seu rosto.

Vinte e um

O Capitão voltou pelo mesmo caminho, direção leste ao longo da estrada reta, por vinte e duas milhas até Castroville. Hospedou-se numa pousada perto do rio e passou a noite toda ouvindo o rugido da roda do moinho, girando sobre as águas verdes do Medina. Na manhã seguinte, fez a barba rente, vestiu suas roupas pretas de leitura e partiu para San Antonio.

Cruzou o Riacho Alazan pelo vau e se alegrou ao ver mulheres mexicanas brincando na água, com cestas de roupas molhadas na cabeça, conversando entre elas e torcendo seus longos cabelos negros no ar quente de abril. Elas gritaram coisas picantes para ele em espanhol, achando que ele não entenderia, e deram gritos de surpresa quando ele respondeu na mesma língua. Elas riram e jogaram água nele, e ele ficou feliz por estar de volta a San Antonio.

Também ficou feliz ao ouvir os sinos de San Fernando badalando a hora, e quando um homem de cabelos tão brancos quanto os dele se levantou em seu cabriolé e gritou: Jefferson Kidd! Venha me visitar, senhor! Ele desceu uma rua estreita de casas de pedra que escondiam o frescor de seus pátios, de modo que as ruas no centro da cidade eram ladeadas por uma longa parede branca no estilo das casas do sul europeu desde os tempos dos romanos. Em outras casas de dois andares, *casas de dueña*, casas geminadas para *rancheros* que tinham suas pastagens nos altos de Balcones, sacadas de ferro forjado no segundo andar, jogavam sombras rendadas nas paredes de baixo.

Já era tarde da noite quando ele cruzou a ponte da rua San Martin e depois a rua Calamares e entrou na Plaza de Armas. O Palácio do governador espanhol, construído em 1749, estava em ruínas. Ali, na ampla Plaza de Armas, havia fileiras de carroças trazendo grãos, vegetais e feno para serem vendidos, e as barracas de *chili* com suas pilhas de frutas e caldeirões de *chili* fervendo, a essa hora iluminados por lampiões de vidros coloridos. Ao redor da praça estavam os estabelecimentos comerciais, o Vance House, os negociantes de couro Lessner e Mandelbaum, de estanho Rhodes e Dean, lojas de roupas, salas de bilhar, estacionamentos de carroças. O Capitão colocou a charrete, sua promessa de águas curativas e seus buracos de bala em um estacionamento e deixou Bela e Paxá nos estábulos de Haby, cada um devorando um grande saco de feno. Hospedou-se na Vance House e passou uma noite agitada e infeliz.

No dia seguinte, foi até a Plaza e viu sua antiga gráfica ao lado do prédio do advogado Branholme. Seu antigo negócio estava agora cheio de rodas quebradas para consertar e peças de algum tipo de maquinário. Ele colocou as mãos em volta do rosto e olhou para dentro; poeira no chão, nem sinal da prensa Stanhope, passada adiante e provavelmente desmembrada para venda de peças, um saco de restos de lã, um sapato.

Ele foi ao escritório de advocacia, ao lado.

Branholme estava lá e se levantou quando viu o Capitão. Conversaram por cerca de trinta minutos sobre adoção, sobre a situação legal dos prisioneiros que retornavam, sobre a Lei de Impressão.

Branholme disse: Em alguns anos, talvez eles rescindam a lei. Depois que Davis se for e quando os militares não estiverem mais no poder. Então, pode ser viável retomar seu negócio. Quanto aos cativos, bem, eles pertencem a seus pais ou responsáveis.

O Capitão Kidd pegou Paxá e cavalgou pelo tráfego da cidade até sair do centro, descendo o rio San Antonio até as ruínas da Missão Concepción. Em algum lugar, enterrado sob camadas de documentos legais, eles tinham terras ali. Aquela era sua favorita entre todas as antigas missões, embora o santuário principal estivesse agora abandonado e todo riscado com nomes de pessoas gravados no gesso. Ele deixaria aquele assunto para Elizabeth. Ele conhecia o sr. De Lara muito bem. O homem era um estudioso e especialista em concessões de terras coloniais espanholas, e suas primeiras palavras seriam: Mas o Senhor não tem condições de herdar. Apenas suas filhas, e é com elas que discutirei sobre isso.

Ele cavalgou de volta e foi ao correio retirar cartas. Sentou-se na escada tendo às mãos as quatro páginas de Elizabeth, cuja caligrafia reconhecera imediatamente.

Eles voltariam em dois anos. *Querido papai, o senhor sabe que ansiamos pelo Texas, mas...* Ela descreveu a longa viagem e falou do cansaço deles, e de como Olympia era delicada. Eles estavam sem dinheiro e precisariam comprar cavalos e como poderiam atravessar o Mississippi agora? Se ele tivesse dinheiro para enviar para a viagem, eles ficariam gratos. Seria possível alugar a velha casa Betancort? Afinal, eram da família de mamãe. Ela já escrevera ao Sr. De Lara sobre a terra na missão de Concepción.

As leituras dos jornais não teriam bom público aqui ou em qualquer grande cidade do sul e do leste. Todas as grandes cidades do Texas tinham uma distribuição diária de jornais recém-chegados da costa. Chegavam de barcos em Galveston e Indianola ou vinham no trem de St. Louis. Estranho pensar em crianças sendo sequestradas pelos Comanches e Kiowas, em ataques de grupos de salteadores, ao mesmo tempo em que o telégrafo e as locomotivas a vapor chegavam trazendo o Progresso, mas assim era. Suas leituras eram populares apenas em pequenas cidades no norte e oeste, como Dallas e Fort McKavett, locais próximos à fronteira.

Ele comprou um novo pacote de jornais das cidades do sul, o *Daily Appeal* de Mênfis, o "Trompete" de Columbus, Georgia, junto com os das cidades do nordeste. Voltou para a Vance House e ficou até tarde com seus jornais, fumou e andou pelo quarto. Ele não conseguia dormir. Finalmente, desceu para o saguão e mandou um menino sair para buscar um copo de uísque do Milligans. O uísque deles era confiável. Ele amava essa cidade e seu rio. Era muito antiga. Olhou para o lampião a óleo da rua através do copo de uísque para ver a luz estremecer em tons de ouro e latão. *E eu também sou,* pensou ele. *Mas não sou aleijado e não sou burro.*

Na manhã seguinte, desceu a Castroville Road com Paxá amarrado como de costume. Ele não sabia bem o que ia fazer, apenas que Anna e Wilhelm talvez só precisassem da informação certa ou a capacidade de imaginar o que seria para uma criança ser capturada e depois resgatada e então adotada por pessoas que eram praticamente estranhos, sim, *adotada,* seus animais miseráveis e sem coração.

Ele tentaria. Razão, suborno, custasse o que custasse.

Depois iria para o norte.

Já era noite quando ele chegou a D'Hanis. Pegou a estrada para a fazenda Leonberger e chegou a imaginar que eles pudessem ficar felizes em se livrar dela. Talvez não. Ele não tinha ideia. Duvidava que eles pudessem fazê-la obedecer. Talvez com espancamentos severos.

Ao se aproximar da fazenda, ele parou perto de um bosque de algarobeiras. Ele podia ver uma luz brilhando na janela da casa da fazenda. Ficou sentado em silêncio por um tempo, com o rosto entre as mãos, pensando.

Então viu Johanna, sozinha, no campo aberto. Ela tinha vários cabrestos de couro pesados sobre o ombro e caminhava desajeitadamente por causa de um balde que segurava com as duas mãos. Eles a tinham enviado ao campo sozinha, depois de escurecer, para pegar os cavalos. Ela se arrastava pela grama de abril, chamando os cavalos em Kiowa, suavemente, reservadamente. Ela cambaleava no terreno irregular, sob o peso dos cabrestos e do balde de madeira com milho descascado, e seus cabelos desgrenhados voavam em mechas sobre os ombros. Ela tinha apenas dez anos e fora enviada para a escuridão com dez quilos de cabrestos, milho e o pesado balde de madeira. Em um lugar que ela não conhecia.

Ele se levantou e a chamou. Johanna, ele gritou.

Ela virou e ficou parada. Olhou para a charrete e para Paxá e para ele. A grama alta assobiava em torno da bainha de sua saia, do mesmo vestido; não haviam oferecido nem banho e uma muda de roupa à menina.

Kap-tan! Um grito contido. Ela veio em sua direção lentamente, cambaleando. Oh, Paxá quer comer! *Celto*? Ela estendeu um punhado de milho. Eu dô Paxá, *celto*? Foi o único estratagema no qual conseguiu pensar para fazer *Kontah* parar, para se fazer bem-vinda.

Ele viu listras vermelhas escuras em seus antebraços e mãos. Era do relho usado no cachorro. Foi tomado por uma raiva que quase o congelou no lugar. Quase o paralisou. Disse então, calmamente: Vamos. Está tudo bem. Vamos embora. Largue esse maldito balde.

Ele enrolou as rédeas no braço da charrete e desceu. Ela largou o balde e veio correndo. Agarrou o braço superior do banco e saltou para dentro da charrete. Suas saias balançaram como um leque, e ela aterrissou de pé.

Kontah, ela disse. Avô. Eu vou com você. Ela começou a chorar. Eu vou com você.

Sim, disse ele. Ele colocou o braço em volta dela, pegou os cabrestos e os sacudiu. O Capitão fez a charrete das *Águas Curativas* dar meia-volta e disse: E, se alguém for contra, atiramos nele com peças de dez centavos.

Vinte e dois

Ele e Johanna foram para o norte novamente, de San Antonio para Wichita Falls e Bowie e Fort Belknap. Às vezes viajavam em comboio com os transportadores ou com o Exército. Ele era o homem que lia as notícias, e ela, a garotinha cativa que ele resgatara e que, segundo se diz, arrastara-se imperceptivelmente, ao jeito dos índios, para dentro do covil imundo de um depravado chamado Almay enquanto ele dormia e, antes que o Capitão pudesse contê-la, espancou-o até a morte com um saco de moedas. Mas olhe para ela agora, está reformada, usa sabão, usa sapatos, cuida do dinheiro do Capitão. Eles podiam ser vistos no inverno comendo bolachas em uma mesa de fundos, onde ela se curvava sobre seu livro, aprendendo as letras com um lápis grosso no verso de um dos jornais do Capitão enquanto ele pacientemente guiava sua mão; A é para a Árvore, querida, e B é para bola. Quando passaram por Dallas, o Capitão descobriu que a Sra. Gannet se casara com um homem muito mais jovem que o Capitão, um homem de apenas sessenta e dois anos, que usava óculos grossos e tinha uma cintura ampla, mas que morava em Dallas e ficaria em Dallas e não iria vagar por aí.

O coronel Ranald Mackenzie destruiu os últimos redutos Comanches e Kiowas nos cânions de Palo Duro e, assim, as guerras indígenas chegaram ao fim. O Capitão e Johanna se moviam relativamente rápido pela volátil terra do Texas, coletando moedas e evitando problemas, e o Capitão lia com sua voz clara sobre o novo mundo que surgira enquanto os americanos lutavam na Guerra Civil, sobre navios a vapor e asteroides e uma máquina usada para escrever, e gravatas de nó americano. O crime era sempre popular; pecadores sem vergonha, graças concedidas. Ele consertara a roda de ferro e, às vezes, enquanto estudava os artigos de jornal, Johanna se aproximava, pegava o relógio que ele deixara na porta traseira e dizia: Kap-tan. Tempo.

Sim, minha querida, dizia ele, reunindo os artigos que marcara para a leitura.

Eles viajaram para a região do algodão em Marshall e desceram para Nacogdoches. Naquela cidade, as pessoas também vinham ouvir notícias do *El Clarion* em espanhol. Eram homens em ternos pretos formais e chapéus no velho estilo espanhol, *rancheros* que mantinham suas terras contra todas as probabilidades, contra todos os ingleses. Tiravam o chapéu para a moça e a chamavam de *La Cautiva*.

De lá, eles chegaram ao leste do Texas, onde a população anteriormente escravizada finalmente tomava nas mãos suas próprias vidas. Johanna e o Capitão foram para o sul ao longo da costa até o Golfo, para ver o mar trazer suas ondas carregadas de areia e as coloridas caravelas-portuguesas que jaziam como repolhos de celulose na praia. A cada leitura, ela se sentava com cara de poucos amigos em frente à latinha, recolhendo o dinheiro. Aos poucos, ela aprendeu o inglês, apesar de falar para sempre com um certo sotaque e com dificuldade de pronunciar a letra *R*. Ele registrava palavras em Kiowa para produzir um dicionário da língua, mas ficara na dúvida sobre como indicar a miríade de tons que eles usavam e acabou deixando a ideia de lado.

Ela gostava da vida errante. Gostava de ver o mundo passar de dentro da segurança da charrete, uma nova cidade e novas pessoas a cada trinta milhas. Belas nascentes sob a sombra dos carvalhos no país costeiro e, às vezes, trechos sem água no oeste do Texas, de Kerrville a Llano, e de lá para Concho e Fort McKavett, Wichita Falls e Forte Espanhol para encontrar Simon e Doris e seus dois filhos.

Ela nunca aprendeu a valorizar as coisas que os brancos valorizam. O maior orgulho dos Kiowas era prescindir, fazer uso de tudo o que estivesse à mão; eles tinham quase orgulho de sua capacidade de ficar sem água, comida e abrigo. A vida não era segura, e nada poderia torná-la segura, nem vestidos da moda, nem contas bancárias. A base da vida humana era a coragem. Seus gestos e expressões não eram os de uma pessoa branca, e ela sabia que nunca o seriam. Ela olhava fixamente para aquilo que lhe interessava, suas perguntas eram diretas e muitas vezes constrangedoras. Todos os animais eram comida, não havia animais de estimação. Demorou muito até que ela pensasse nas moedas como dinheiro em vez de munição.

Na companhia diária dela, ele se viu deixando de dar valor a essas coisas que pareciam tão importantes para o mundo branco. Viu-se mergulhando mais profundamente nas histórias de lugares distantes e povos estranhos. Pedia às bancas que encomendassem para ele jornais da Inglaterra, do Canadá, da Austrália e da Rodésia.

Ele começou a ler para seu público sobre lugares distantes e climas estranhos. Dos Esquimós em suas peles de focas às explorações de Sir John Franklin, naufrágios em ilhas desertas, o povo do Outback australiano, escuros como mogno, mas com cabelos claros, compositores de uma música estranha que o jornalista dizia ser indescritível e que o Capitão Kidd desejava ouvir.

Lia sobre a descoberta das Cataratas Vitória e encontros, reais ou não, com o navio fantasma *The Flying Dutchman* e o testemunho de um homem que viu mensagens de luz sendo enviadas da ponte do navio, perguntando sobre pessoas mortas há muito tempo. E essas histórias faziam, por um curto período de tempo, que os texanos se aquietassem para ouvir. A chuva caía, ou a neve, ou a lua sumia e os lampiões falhavam, mas eles não percebiam. Em cada parada, por cerca de uma hora, o Capitão Kidd fazia o tempo parar.

O Capitão nunca entendeu o que causara tal mudança em uma menina de família alemã, adotada pelos Kiowas. Em apenas quatro anos, ela esquecera completamente sua língua materna e seus pais, sua gente, sua religião, seu alfabeto. Ela se esquecera de como usar uma faca e um garfo e como cantar em escalas europeias. E, ao ser devolvida ao seu próprio povo, nada voltou. Ela permaneceu Kiowa no coração, até o fim de seus dias.

Depois de três anos, suas filhas, seu genro e seus dois netos voltaram para San Antonio, estabeleceram a posse da casa Betancort, agora vazia, e iniciaram o longo e quase desesperado processo de tentar recuperar as Terras Espanholas. Emory endividou-se para comprar uma nova impressora, comprou a loja de roupas de Leon Moke e a transformou em uma gráfica. Olympia suspirou e vagou pelos quartos do antigo palácio Betancort até se casar novamente, o que foi um alívio para todos. Elizabeth criou seus filhos e manteve ao final do longo *comedor* uma mesa repleta de mapas e registros amarelados de terras.

Quando eles voltaram, o Capitão Kidd finalmente largou as estradas do Texas. A menina o tornara um errante, mas tudo chega ao fim. San Antonio crescera, e muitas das antigas e belas casas espanholas foram demolidas. As pessoas perderam suas terras de maneiras cruéis. O Capitão Kidd e Johanna foram morar com Elizabeth, Emory e seus filhos, netos dele. Ele pretendia envelhecer enquanto ela se preparava para um futuro desconhecido. Ele aconselhou Emory na nova gráfica, na qual o genro trabalhava com profundo interesse e prazer em sua nova impressora cilíndrica Babcock, enquanto o Capitão se sentava à mesa de composição e inspecionava cada nova tiragem. Johanna tentou fingir ser uma garota branca, para agradá-lo. Juntou-se a outras garotas em suas idas ao rio, nas aulas de dança, e suportou a indignidade de cavalgar de lado. Olhava com profunda inveja para as mulheres e meninas mexicanas, seminuas no Riacho Alazan e nas Fontes San Pedro, lavando roupas. Elas jogavam água umas nas outras, torciam os cabelos, andavam com as saias na cintura. Ela se sentava rigidamente em seu traje de montaria e sua cartola e as observava e, ao voltar para casa, tentava parecer alegre no jantar, manejando cuidadosamente sua faca, garfo e a diminuta colher de café. O Capitão suspirava pesadamente, as mãos no colo, olhando para o pudim. O pior havia acontecido. Ele não tinha o que fazer.

Certo dia, John Calley, de Durand, chegou à cidade e parou para visitar o Capitão. Ele nunca esquecera aquele cavalheiro digno, pedindo silêncio e razão na loja comercial em Durand. Ele ficou parado, com o rosto protegido pelo chapéu, na movimentada rua Soledad em frente à porta dupla dos Betancorts. Foi quando a primeira porta se abriu. Uma pequena mulher, empregada da casa, espiou para fora enquanto, atrás dela, aparecia uma garota esguia de quinze anos ou mais, com espesso cabelo amarelo trançado em uma coroa. Ela tinha olhos azuis e algumas sardas espalhadas pelo nariz. Usava um vestido cinza escuro com detalhes amarelos e uma longa barra na bainha. Suas unhas estavam rosinhas e perfeitamente limpas.

Y qué?, disse a empregada com uma voz grosseira e desconfiada. *Hágame el favor de decirme lo que quieres, señor.*

Sim?, a garota disse. Está procurando por alguém?

Por um momento, ele ficou sem palavras. Finalmente: Você seria Johanna, a garota cativa que o Capitão estava levando de volta?

Sim, sou Johanna Kidd. Ela sorria de leve, curiosa em relação a esse estranho calçando botas altas de viagem e com um guarda-pó puído sobre o braço.

Calley tirou o chapéu. Ele não tirava os olhos dela. Essa era aquela criança encardida de dez anos, que olhava como um animal selvagem de dentro da charrete, com o cabelo em tranças desgrenhadas. Lembrou-se de como ela arrancara o caramelo de suas mãos.

Ele disse: Ah, sim, bem, passei por aqui para saudar o Capitão. Eu, ah, estou em San Antonio por acaso para ver, bem, gado. Ele fez uma pausa. Sim, gado.

Cetamente. Ela deu um passo para trás e ergueu uma das mãos para o interior da velha casa. Ela disse: Ele está no pátio nesse momento. Por favor, entre.

Ele parou com uma bota no ar. Ele disse: Por acaso você se lembra de mim?

Ela o observou cuidadosamente. Ele era grande e parecia encardido da viagem e um pouco espantado ao entrar no salão frio de azulejos enquanto ela o inspecionava com seu olhar azul. Lamento muito, disse ela, mas receio que não. Por aqui.

Os saltos das botas dele batiam nos ladrilhos enquanto ele a seguia. À luz do sol, no pátio, viu o Capitão lendo um livro grosso com capa de couro. O velho ainda se mantinha ereto como uma varinha. Depois de conversarem, à sombra fresca da mimosa, ele perguntou se poderia visitá-los novamente. Quando o fez, trouxe vários jornais para o Capitão e um pequeno e intrincado arranjo de rosas secas o qual ele esperava que agradassem a Srta. Kidd.

Johanna, disse ela. Pode me chamar assim.

Calley sentou-se ao pequeno piano de Elizabeth e tocou "Come to the Bower" e "The Yellow Rose of Texas" e, sem tirar os olhos do teclado, esperou para ver se Johanna viria até ele. Logo ela estava em seu ombro. Ele se moveu no banco do piano e, depois de alguma hesitação, ela sentou a seu lado arrumando graciosamente as saias e, pela primeira vez, sorriu para ele. Ele ensinou a ela as canções, nota por nota.

Para ele, a tarde foi longa e mágica: os gritos do leiteiro descendo a rua com seu cavalo cinza e gritando *Leche! Leche bronca!* e alguém chamando por Timotea diante das grandes portas de madeira do palácio Veramendi e os arbustos da trombeteira sacudindo suas cornetas vermelhas no vento que vinha do rio atrás da casa e jogando sombras rendadas sobre as venezianas fechadas. Calley cantava com uma voz rouca e desafinada *Ela caminha ao longo do rio na tranquila noite de verão...* até esquecer a letra, mas tinha quase certeza de que era algo a ver com estrelas brilhantes. Depois de um tempo, ele parou e apenas olhou para ela.

O Capitão parou na frente de uma das janelas altas, que começava no chão e subia quase três metros, e observou o leiteiro e seu cavalo passarem por uma das velhas casas espanholas sendo demolidas e depois pelos novos edifícios de tijolos em torno da Plaza de las Islas, como se, naquela tarde quente, passassem pela história.

Quando Calley foi finalmente embora, ao pôr do sol, ela estava na porta com o chapéu dele entre as mãos como um grande bolo de feltro.

Ela disse, com cuidado: Tome seu chapéu. *Ficalíamos* muito felizes se você viesse para *janta*.

John Calley decidiu permanecer no sul do Texas e recolher gado selvagem na área ao redor da cidade de Frio, ao sul de San Antonio, na notória área de Nueces. Poucos faziam isso, porque essa era uma área sem lei e contraindicada para aqueles de coração fraco, mas, se um homem conseguisse ficar alerta e sobreviver, ele recolheria gado selvagem suficiente para fazer uma pequena fortuna. Dependia de quão bem você atirava e quão leve era seu sono. Ele contratou homens como Ben Kinchlowe, que era durão, falava inglês e espanhol e era talentoso no manejo de gado e de revólveres. Ele marcou para viagem todo o gado recolhido e foi para o norte. Depois de duas viagens, John Calley era um homem próspero.

Ele e Johanna se casaram na casa dos Betancorts, de acordo com o antigo costume sulista de casar-se na casa da noiva no mês de janeiro. Johanna e o Capitão sentaram-se na cama do quarto dela, esperando serem chamados lá embaixo, onde Calley a esperava num fraque preto e um lenço listrado ao lado do ministro episcopal da igreja St. Joseph. As mãos dela tremiam.

Ela se sentou ao lado dele como se buscasse se proteger de um futuro desconhecido. Ela cheirava às flores do arbusto branco que crescia às margens do Riacho Calamares e à água perfumada e ao amido que engomara seu vestido.

Kontah, ela disse. Sua voz tremeu. Lágrimas brilhavam em seus olhos.

Está tudo bem, Johanna.

Eu nunca fui casada antes.

Não! Mesmo?

Pofavol, Kap-tan. Ela apertou com a mão trêmula sua elaborada trança junto a um suporte do véu, coberto de contas. Não faça *blincadeilas*. Estou desmaiando. John nunca se casou antes também. Seu rosto redondo estava vermelho, e as sardas se destacavam como manchas em um pêssego da montanha.

Por Deus, esperemos que não.

Kontah, quais são as melhores *reglas* para ser casada?

Bem, ele disse. Um, não escalpele ninguém. Dois, não coma com as mãos. Não mate as galinhas do seu vizinho. Ele tentava manter um tom leve. Sua garganta estava fechando, e ele tentou limpá-la com uma tossida áspera. Quanto às regras positivas, vocês dois vão descobri-las sozinhos. Vai dar tudo certo, vai dar tudo certo.

Ele tirou o velho relógio de ouro do bolso, abriu e o mostrou a ela.

Ela enxugou os olhos, baixou-os e disse: Onze. Está na *hola, Kontah*.

Elizabeth gritou da escada e subiu correndo, segurando a saia. Colocou a cabeça para dentro do quarto, sorrindo. Johanna, ela disse. Você está pronta?

Johanna se virou e colocou os braços ao redor do pescoço do Capitão. Vamos visitar com frequência, disse ela. Você é minha água *culativa*, ela disse e começou a soluçar.

Sim, disse ele. Ele fechou os olhos e rezou para não começar a chorar também. E você é minha pequena guerreira. Você não deve chorar. Ele colocou o relógio na mão dela. Eu gostaria que fosse seu. O tempo parece ter passado muito rápido nos últimos anos. Há quantos anos me preocupo com você e aprecio a sua companhia. E agora é hora de entregá-la.

Depois que ela e John Calley se casaram, ela o acompanhou na viagem seguinte, até Sedalia, Missouri, dirigindo uma charrete leve de quatro rodas. Era uma vida que ela poderia amar. E assim Johanna e John Calley cavalgaram juntos pelo Texas até o século seguinte. Viveram para ver um avião pousar em Uvalde. De mãos dadas, ao lado de seus dois filhos crescidos, viram a aeronave se chocar contra a terra do Texas e o piloto se afastar dos destroços como se tivesse planejado a queda.

O Capitão foi envelhecendo e voltou a trabalhar no dicionário Kiowa, até não conseguir mais enxergar. Ele se lembrava com frequência do grito que ela dera no Grande Tiroteio de Moedas no Rio Brazos. Era um grito de guerra, e, apesar de ter apenas dez anos, ela era genuína.

Britt Johnson, Paint Crawford e Dennis Cureton foram mortos pelos Comanches em 1871, em uma viagem de transporte perto de Graham, no norte do Texas. Emboscados no único trecho aberto entre Graham e Indian Mound Mountain. Foram enterrados onde caíram, e sua lápide está lá até hoje.

Simon e Doris criaram uma família de seis filhos, cujos nomes iniciavam todos com a letra *D*. Eram todos músicos, e a família viajou por muitos anos pelo norte do Texas levando canções irlandesas e baladas de caubói para bailes e feiras. Os Horrells continuaram a cometer crimes na região central do Texas e no Novo México até que vários deles foram mortos no grande tiroteio da Praça Lampasas em 1877 e, finalmente, apareceram nos jornais do leste.

A catedral de San Fernando recebeu uma nova fachada com torres gêmeas, mas o antigo santuário e a cúpula sobre o altar, construído em 1733, permaneceram inalterados. Os túmulos do *camposanto* tiveram que ser movidos para o sul do Rio San Antonio, mas muitos colonos espanhóis originais haviam sido enterrados sob o chão da igreja e, portanto, ainda jazem ali os ossos dos Betancorts, talvez finalmente satisfeitos neste Novo Mundo, com os sinos de San Fernando chamando as missas e espantando os pássaros. Os ossos dos guerreiros Kiowas não estão na terra, mas nas histórias de suas vidas, contadas e recontadas – sua bravura e ousadia, a morte de Britt Johnson e seus homens, e Cigarra, a garotinha levada deles pelo agente, a filhinha de olhos azuis de Três Manchas.

Em seu testamento, o Capitão pediu para ser enterrado com seu distintivo de corredor. Ele o guardava desde 1814. Dizia que tinha uma mensagem para entregar, de conteúdo desconhecido.

Nota da autora

Quem estiver interessado na psicologia de crianças capturadas e adotadas por tribos indígenas americanas deve ler o livro *The Captured*, de Scott Zesch. É excelente. Ele documenta o caso de crianças cativas da fronteira do Texas, incluindo seu próprio tio-avô, e mostra as situações de morte e terror vividas por essas crianças antes de serem adotadas ou aceitas pela tribo. Ainda não houve um estudo definitivo sobre as estratégias psicológicas que essas crianças adotaram para sobreviver, e ele seria bem-vindo. Aparentemente, os cativos se tornavam índios em todos os sentidos e raramente se reajustavam ao voltar para suas famílias não nativas. Eles continuavam a desejar voltar para suas famílias adotivas, mesmo quando haviam passado menos de um ano com os indígenas. Isso era verdade para capturados de origem tanto inglesa quanto anglo-germânica ou mexicana. Acho que as palavras da minha personagem irlandesa Doris Dillon expressam isso da melhor maneira. Vou deixar que encontrem as palavras dela na história.

Agradecimentos

Como sempre, muita gratidão à minha agente, Liz Darhansoff, e à minha editora, Jennifer Brehl, que deram apoio imediato e irrestrito a esta história.

Agradeço a June e Wayne Chism pela história do pai de Wayne, César Adolphus Kydd, que era leitor de notícias em pequenas cidades no norte do Texas, na década de 1870, e foi a inspiração para o Capitão, tanto em *The Color of Lightning* como neste livro.